ハラハラ、
ドキドキ、
なぜ歩くの、
智恵子さん

文　柴田 智恵子

もくじ

まえがき …………………………………… 6

第1章 ………………………「山賊鍋」の坂、上る 9

第2章 ……………………… パソコンと私の神様 27

第3章 ………………………… レッツ、ゴー病院 47

第4章 ………………………… マフラーと遺伝子 77

第5章 …… 旅とインターナショナルランゲージ 97

第6章 ……………… 引き揚げ、そしてバトル 137

第7章 ……………………………… 寄せ書き 163

第8章 ……………………… ムカデと猫と高校生 177

第9章 ……………………… トラブル引き受け難し 191

第10章 ………………………… 耐震工事と講座 205

第１１章　…………………………　私にも言わせて　245

第１２章　……………………………　ファイト！　253

療育センターと智恵子さん　……………………　274

あとがき　……………………………………　284

まえがき

智恵子さんの日常はいつもハラハラ、ドキドキの危険と隣り合わせ。脳性小児麻痺、そして頸椎症という病と今は毎日、ひとりで付き合っている。

そんな今の彼女にとって、車椅子と、近所の病院（市立療育センターなど）は命綱。彼女の車椅子はただ腰かけるためのものではなく、自分の体を支える杖のような役割をしている。「ただいまリハビリ中」の看板？を車椅子の前後に掲げ、ひたすら歩く。そうして足首の筋肉を鍛えているのだ。左足の手術はしたものの、足はどうしても内側に湾曲してしまう。そのために一歩、一歩まっすぐ歩く訓練が欠かせない。療育センターでは機械を使っての歩くリハビリや、訓練士の方に手を貸してもらって体操などにも通っているが、それだけでは足りない。それに自分の足で歩くことは彼女の挑戦でもあり、やり終えたときの達成感は、智恵子さんにとって何にも代えがたい喜びの体験なのだ。「なんだ坂！こんな坂！」といいながら、彼女は「山賊鍋」の坂を上がる。

本文中に「バンザイ！」、「ヤッター！」という言葉が何度もでてくるが、それらのほとんどは、自らの障害によって阻まれたように見える、行為を成し遂げたときの心からの叫びなのだ。健常者であれば坂を上ったり、あるいは１キロメートルの距離を歩いたことにいちいち感動をしないし、それら日常的な行為に達成感を味わうなどということもない。しかし、今の彼女の日常は、それ自体を味わい生きることによって成り立っている。

私たちの見聞できる世界は科学の進歩で全地球的規模にひろがり、私たちの移動距離も飛躍的に伸びた。だが、一人一人の命は今も昔も「この私という小さなからだ」のなかに存在する。そのわずかな「ひとり」を大切に生きることが、人生だとすれば、移動距離も短く、日常生活の些細なことにも全力で臨む智恵子さんの毎日は、なんという味わいに満ちていることか。

今年６８歳になる智恵子さんの感受性は少女のように瑞々しい。わが身の不足を嘆いている暇などない。この智恵子さんの小さな達成感の数々に寄り添うことで、無味乾燥とも思える凡々たる人生のなかに隠されている意外な喜びを智恵子さんとともに味わうことができるだろう。

２０１３年　5月吉日

東郷 禮子

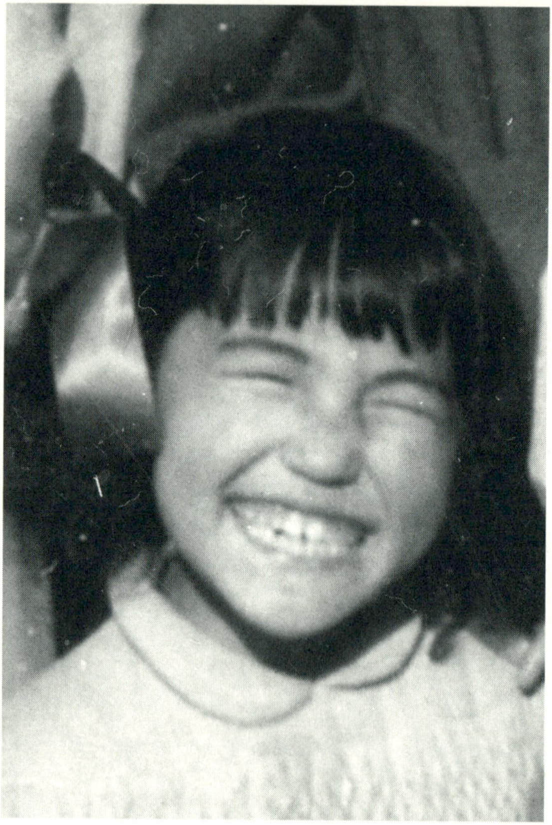

8 - 9

第1章
「山賊鍋」の坂、上る

「権ヶ迫池《ごんがさこ》」と「山賊鍋《さんぞくなべ》」

私の住んでいる若園第４団地は、築４３年目。新築当時から住んでいる。今でこそ、役所、警察、消防署等が近くて便利。小倉の中心は、小倉駅やお城の辺り。住んで４年目くらいに区が南北に分かれ、高等師範学校の跡地が南区の中心となる。多分現在は、南区の方が発展。大型店が多い。北区は、海の方で小倉城の辺りは、趣が有って素敵。

さて、近くの池の名前は、権ヶ迫池。今は埋め立てて半分・上池と下池と有り。当初は草ぼうぼうで野犬が走りまわっていた。農業用水で池より低地に水田が拓けて、梅雨時期は、アマガエルの合唱が賑やか。今は昔の物語。南区には、この様に坂道を上がった所に池が沢山有る。昔の日本人は、田んぼで治水。素晴らしい！

「山賊鍋」は、料理屋さんの名。築10年位かしら？息子の子供のころ３０数年前は、沼地。埋め立てが始まると、冷蔵庫、ふとん、たんすなど沢山の家具が捨てられた事が印象的。そこが今は広い駐車場。小倉の中心地からも車で20分位。便利なのと、お味の方もまずまず。

「山賊鍋」は、野菜たっぷりの鍋。それ以外にお寿司、から揚げ、色々メニューが有る。但し座敷。私１人では、無理。息子達と何回か行く。

恐怖の善意

手術入院で病院に預けたまま４ヶ月乗らなかった電動４輪車。充電バッテリーの減りが早い。内科受診に合わせて九州スズキの方に計測を依頼。大丈夫との事。冬は、減りが早く、充電状況を知らせる。４つのランプが40分乗ると一つ減ると言。「今日40分乗らないでもランプが減ったらファックスで連絡を」と言って彼は、去る。この充電バッテリーは、２年前に換えた２つ目。最初の物より充電がもたない。４年もった最初の物が特別だったらしい。換えても充電力変化無しと思った覚えあり。バッテリーの減りは、距離より時間…？納得。

この日は、午前中の雨も上がり暖かい。城野ダイエーまで走。百円ショップで葉書、封筒購入。八百屋で果物、芋、ホウレン草、ネギ等買。信用金庫、コンビニ、郵便局、自宅に。買い物を片付け、忘れた金柑を買いに八百屋。金柑が咳に良。50代の喘息が落着いたのも金柑。あの時は、煮るのに苦労。結局生で食。今は、タッパに入れて電子レンジでチン。簡単美味。４時に病院。いつも電動を置かせてくれる３階に。車椅子にビニール。雨対策十分。売店で買い物。レストラン前４時50分。美味しいカレー栄養たっぷり。ご馳走様。廊下のソファで休憩。

６時前帰途。順調に電動ではない車椅子とともに歩き、高速道路下の「権ヶ迫池」の横の長い下り坂を歩いていると女の人が「押しましょうか」と声を掛けて来る。笑顔で断り。「有難う」。私は、元気。余裕。池の向こう側の木の下枝に白鷺が20羽。５羽ずつ固まって寝ている。さて団地下いよいよ「山賊鍋」の急坂。「どうか誰も通りません様に！」と祈る。嗚呼《ああ》願い空しく。急坂も急坂。一番の難所。私は、必死でゆとり無し。横を小型の冷凍車。坂の上で停車。降りた男性私の横。「押しましょう」と、やおら車椅子の左の握りを掴む。断る間無。転倒への恐怖でパニック！「駄目」と言って座り込む。驚いたのは、男性。慌てて私を立たそうとする。車椅子が動く。私の緊張が解。「先ずブレーキ」と言。左右のブレーキを掛けて貰い。「大丈夫」と言い。車椅子に掴まって立つ。上体を前に曲げ車椅子が下るのを支える。男性がブレーキを外す。これは、余計な事。何とか維持。坂を上り出す。「大丈夫？」と後ろで聞く男性に「自分でバランスを取って…」と何とか返事。彼は、「大変そうだったから」と呟いて追い越す。坂を上り詰めた時は、跡形無し。いつも親切のお気持へのお礼は、言。彼は、素早過ぎる。申し訳ない。この事は、私に大変なストレスとして残る。もっと足が厳しい状態でも１人で頑張った時は、忘れる。例年１月、２月は、帰りもタクシー利用。冬は、厚着。急坂は、困難。久しぶりに左足裏小指の付け根の一寸内側が痛。以前章魚《たこ》が出来ていた所。足がハの字になり、小指しか地上についてない。この坂を上るのは、装具着用した方がよいかしら…？付けるにしろ、いきなりは止めた方が良い。車椅子を親切な人に掴まれる事に恐怖を感じない様に訓練しよう。リハビリの先生にお願いして歩行器の急勾配を歩かせて貰おう。このままでは、危険。と思い惑う。

車椅子、山賊鍋の坂を転がる

この日は、体調良。午前中干した布団を入れ、市の健診に行く事にする。２時半近く、我が家を出発。健診は、１時半から。健常者の方が多いと全てに遅い私。迷惑を掛ける。又精神的にも疲れる。遅く行けば空いている。医師会の方の助けも得られる。１０月から足は、少し速くなる。心浮き浮き歩き出す。さて団地の出掛けの急坂で右の靴が歩き難いと感じる。最も急な箇所を過ぎた所で思わぬ転倒。車椅子から手が離れる。アレヨアレヨと言ううちに車椅子は転がって行く。坂下は、道路。「嗚呼！神様！車椅子を停めて下さい！！どうか車にぶつかりませんように！」。必死の私の願は叶えられる。車椅子は、自動車の間をすり抜け、安全地帯に当たり、横向きに停車。道路は、何事も無かったかのように沢山の車が通り過ぎて行く。前方に車椅子が横切るのを見たドライバーは、どんなに驚いた事だろう。

彼、彼女の運転テクニックに感謝。感謝。猫や犬の飛び出しでさえ自動車事故の原因。頑丈な車椅子が走行車に激突したら、大惨事を引き起こす。〝嗚呼！クワバラ　クワバラ。〟

私が転んだ際、後ろから横を通り過ぎた車が坂下で止まり、じっとしている。私のため…？？車に向かって手を合わせる。誰も降りて来ない。私は、ガードレールに掴まって立ち上がり、ボツボツ坂を下る。私が坂下まで行くと、車から女の人が降りて来る。私が手を合わせると、「車椅子でしょう？私、恐くて行けません。それに重たい。男の人に頼んで下さい。」かなりの動揺。

私は、心の中で、「えっ？恐い？重たい？」（車椅子は軽く押せば動。安全地帯に横付けなので横断歩道の信号が青の時に半分渡。安全地帯に沿って、２・３メートル歩けば行けるのに）と、思。勇気は有っても、今の私には、車椅子なしの手離しで横断歩道を歩けない。と、都合よく男の人が坂を降りて来る。小心だが心優しき親切な女の人は、彼に車椅子を取ってきてくれるように依頼。３０代位の男性は、瞬時に状況を把握 。この２人のお蔭で車椅子は、無事私の手元に。彼等にお礼を言って、健康診断のある生涯センターへ。必死に歩く。出来る限りのスピードで。３時１０分過ぎ到着。玄関前にレントゲン車がまだ有る 。会場では、帰る準備を始めている。

今から良いかと聞く。ＯＫ。有難い事に５・６人のスタッフ全員がヘルプ。身体的には、助かった。恐怖と運動で上昇した血圧は？２００。当然。別に頭は痛くない。ドキドキもしていない。パワー充分の興奮状態。実は坂道で転んで車椅子が転がったのは、２度目。いつも歩いている高速道路下の道の反対側。そちらは、歩道も狭く、急坂。その時は、誰も通らない事のみ願った。車椅子には、買い物荷物が満載。網をかけていた。車椅子は無事、丁度我が家と反対側に有る介護施設の空っぽの駐車場に停車。安堵。ゆっくり歩いて車椅子の所に辿り着いた。これに懲りて、私は、２度とそちらを歩いていない。しかし今回の坂道は、ここを通らないでは、団地から出られない。

車椅子に配偶者を乗せて歩いているお年寄りを見かける。介助者が転倒したら大変。転がった時に何らかのストッパーが働くように出来ないかしら？あるいは坂道での切り替え補助ブレーキとか。日本は坂道ばかりですもの 。世は、ハイテク、ロボット時代。「何とかならないか」。車椅子の会社にファックス送ろうと思う。送ったが返事無し。残念。しかし私は、諦めない。これからも此の坂道を頑張る、慎重に。「勇気凛々！前へ進め！」。

ハイテク産業の皆様へ　車椅子の件

突然お便りする事をお許し下さいませ。皆様ご多忙の日々をお送りの事と存じます。私は、車椅子を歩行器代わりにして歩いているものです。私は、「転倒、車椅子転がり」に懲りずに

昨日も坂道を頑張って歩いて下りました。

路肩に約３０度の角度で前輪をあてると車椅子が止まるので、右左練習しながらです。最も急な所はそうするゆとりは御座いませんが、大抵の所は、止まります。ガードレールの取り付け柱に足置きをさしこんだら完璧です。転びそうな時、反射的にこれができるようにしたいです。車椅子が止まっていれば、転んだ状態でサイドブレーキをかけてから、おもむろに立てば良い訳です。私は、両膝に転んでも怪我をしないようにプロテクターを付けています。そのお蔭で車椅子が転がり、恐ろしい思いをしましたが転倒しても怪我無しです。どうぞ私も頑張りますので、足の不自由な者の為に、坂道でも安心して歩ける歩行器と車椅子の機能を兼ね備えた物を作って下さいません

か？一人で世界１周ができるような…？私達障害者に元気と希望をお与え下さいませ。宜しく御願い申上げます。

坂、坂、坂

リハビリ。午後三時頃タクシーで療育センターへ。小雨が振り出したが早速センター駐車場への急坂を歩かせて貰う。入院以来１年振り。この坂もかなり急。但し勾配に終始変化無。団地への上り坂「山賊鍋の坂」は、上りきる僅《わず》か５～７メートルが最も急。其処で立ち止まるのが恐怖。喋るのも緊張が来る。一気に上りたい。精神統一命賭け。足場が悪過ぎる。親切に応対するゆとりが皆無。団地に上がる道は、３通り。１つは、石田のバス停へ。この坂は、「山賊鍋の坂」より急では無い。それでもかなりの勾配、長い坂。妊娠中若くても坂が苦しかった覚え有。３つ目は、団地よりさらに上る坂。一番急。両端に深い側溝。この坂で転んだら、車椅子は、一つ目の坂をも転がり、バス通りまで転。一番楽な坂は、「権ケ迫池」側の「山賊鍋の坂」。

よし、歩こう

国立病院休憩室でゆっくり温まる。車椅子にビニール。荷物も。７時頃出発。かなりの雨。激しくは、無い。１昨年の冬の雨の晩、裏の駐車場で携帯にてタクシーを呼ぼうとして不可。病院の職員さんに電話して貰う。待てど、暮らせどタクシーは来ない。外に出て、雨の中自分で電話。女の方が応答。虚《むな》しく電池切れ。ぼーっとしてそのままふらっと病院の駐車場ゲートへ。振り返ると表から入ったらしいタクシーが病院の中の道を走り去る。みじめ！我に返り。病院に戻り。職員さんに助けて貰い、表玄関にてタクシー乗車。あの時のみじめさを思えば、これくらいの雨、何と言う事無し。よし歩こう！無事、「山賊鍋の坂」に。坂の急勾配。有り難い！誰も来ない。上体を車椅子に持たせ掛け、サイドブレーキを引く。出来たぁ！両ブレーキを外す。上体で車椅子を抑。体を起さず、そのまま一気に上。90度腰を曲げ、両手は、肘掛を。上りました。足は、楽で緊張無し。腰には、悪いかしら…？？まだ、まだ訓練、頑張りましょう！

暑いのでぐずぐずしていると

大雨。５時半過ぎ雨が上がり、電動４輪で買い物。帰宅。食品を大慌てで冷蔵庫に放り込み。病院へ。７時４０分病院休憩室で一休さん。それから荷造り。バッグをビニールでくるみ込み。上にリハビリ中のカードを括《くく》る。車椅子の背持たれの前後にもカード。靴の紐も締め直し。勇気凛々帰途に着く。昼よりましだが暑い。汗だく。血圧１５０。高い。用心。水分を摂りながらゆっくり、ゆっくり歩く。さて中学校の横の道。先週親切な若者に「おばあちゃん」と言われた所。有難い。誰もいない。植え込みのブロックに腰を掛け一休さん。再び歩き出そうとすると呼び止める声。車からだ。「えっ！誰？」３・４人の男性が私の前と横に。「リハビリ中なんだ」と納得した様に言い合っている。

前の男性が「警察です。通報が有りましたので…」名前と住所を聞かれる。何か証明する物は、持っているかとも。包みこんだボストンバッグ。その中のバッグ。さらに中の障害者手帳。出すのが大変。

おまわりさんも気の毒に思ったらしく。「ゆっくりで良いです」と言う。それで確認。電話番号を聞いて書類に記載。やっと私は、無罪放免。お巡りさんもご苦労様です。お巡りさん達は、誰も私に夜、歩いて危ないとかいけないとか言わない。気をつけてとも。ただいつも「今頃歩いているか」と聞いただけ。さすが、お巡りさん障害者の差別無。常人同様に対応。夜危ないのは、身障者が特別では、無い。皆だ。危険は、昼も夜も関係無い。どこにいても潜んでいる。全てその人の運。何と通報したのだろうか？興味深深。「認知症の御年寄りが車椅子に掴ってよろよろ歩いている。保護して下さい」かしら？

まあ！何とご親切な事でしょう！「犬も歩けば棒に当たる」「智恵子が歩けば不審尋問。」

私は、懲りない。障害者が道を歩いているのが当たり前。そんな世の中を夢見て頑張るのみ。

調子に乗りすぎ、ヤッチャッタ！

１２月はじめの急激な寒波。１１日間篭城《ろうじょう》したら左足首に力が入らなくなる。その後頑張って回復。２９日は、曇天ながら寒く無い。年賀状９５枚仕上げ４時頃我が家出発。ポストに年賀状投函。足が弱らないように病院の先の薬の量販店まで歩く

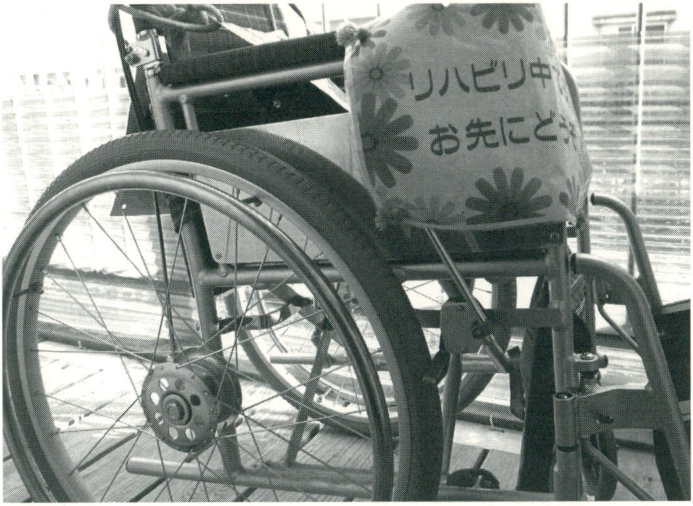
リハビリ中
お先にど

ありがとうございます
リハビリの為、私は自分で
乗り降りしたいので、
申し訳ありませんが
車椅子だけお願いします。
感謝

事に。いつもは、病院から電動４輪に乗。遠いがチャレンジ。裏道を抜け６時近く到着。買い物。車の多い病院前の通りを引き返し、馴染《なじみ》のセブンイレブンに。セブンイレブンを出た所で車。慌てて数歩バック。

途端バランスを失。こうなったら重力に任せるまま。(多分足が引っ掛かり、吃驚転倒）ボワワン！頭に衝撃(帽子着用、しょっちゅう経験している程度）上体を起こした所で動転した女性が私を後ろから抱え込む。「目が見えますか？」「車椅子は、見えますか？」「目が見えますか？」を繰り返す。転倒は慣れているとは、言え、この動転する女性の私の思考を超えた質問に戸惑う。

やっと返事。「見えます。私を自由にして下さい」手を離してくれたので「まずブレーキ」と言。手前のブレーキをかける。女性に反対側のブレーキを頼。車椅子に掴って徐々に立ち、歩き出す私に女性が「どこまで行くのですか？急がないから途中まで送ります」”どこまでって？「これから２時間歩いて我が家」と答えたらこの女性は、私の頭を心配するかも…？？”「国立病院まで」と言いながら歩き出す私。彼女は、付いて来ない。(ヤレヤレ)。とてもご親切な方だったのにお礼を言いそびれる。というより有難いと感じる気持のゆとりが無。私は、転倒してもストレスにしないで忘。痛い時は痛み止めの薬を飲。塗。しかしお助けマンに騒いで頂くと大ストレス。このまま気に病んでいたら帰り道よいこと無。病院の休憩室で一休さん。買った食糧とお茶でガソリン充填。年末に点灯された高速道路、オレンジ色の灯が綺麗。９時過ぎ無事帰宅。

ー追記

目の前でぱたっと人が転倒したら驚く。親切な人は、すぐに両脇を抱えて起こそうとする。これは、止めた方が良い。足の悪い人の体重がかかり一人では、大変。助ける人も転倒した人もパニック。血圧上昇。私は、足首だが亡夫は、膝。上体を持ち上げても膝が流れる。立てない。助けるどころかより苦痛とみじめさを与える。「何かお手伝いしましょうか？」と落ち着いて聞いた方が良い。

大寒

冬は、筋肉が固くなり、緊張も増す。一昨年は、障害者の施設にショートステイ。去年は、手術入院。入院前も徹底的冬籠り。まずい宅配弁当を利用。１月２５日の入院日を待機。儲け主義の一ヶ月以上前の予約の介護保険利用は、一昨年の夏の「老人ホームお試しショート」で懲《こ》り懲《ご》り。

この冬は、攻めと守りで乗り切ろうと思。週１回の病院行き（内科受診、隣の療育のリハ。各週交代）の日。行きは、タクシー。病院から電動で買い物。主に八百屋とコンビニ。病院付近には、障害者の学校、授産所等あり。病院通付近の店は、親切。スーパーは、店の通路やショーケースの前に目玉商品を積。危険。２４日は、午後２時頃タクシーにて郵便局。そこから国立病院まで歩。電動に乗車。療育センターへ。リハ終了後大急ぎで国立のレストラン（５時閉店〕。４時４０分昼夕兼用の食事。

朝食１０時過ぎなので丁度良い。食前の方がリハ中も馬力が出る。満腹。再び外へ。冬籠りの買い溜めに。まだ明るい。少し日暮れが遅。有り難い。雪がちらちら舞。手が冷。冷え込む前に病院へ。大荷物。普通の車椅子に積み替え。全てビニールで覆。最後に落ちない様に網をかける。この作業３０分以上かかる。一寸疲れて一休さん。7時過ぎ出発。雪。何時の間に積もったか屋根や草の上が一面白く光っている。

カッパ、手袋、マフラーの重装備で帰途に。病院の暖房、荷造りで体は、温かい。手袋で車椅子を掴むのは、大変。倍の力。２０分歩く。体も手もさらに温まる。手袋脱。これで一寸楽。視界を狭める帽子と襟巻きは、我慢。こんな雪の煌く夜、歩いた記憶は、無い。２週間前は、夜空に星が煌いていた。老眼の目で１等星以外の星を確認。これも初体験。有難い事に寒さは、感じてない。子供の頃からの足先の冷たさ、無感覚の症状無し。訓練と血圧上昇のお蔭かしら…？？団地下の「権ヶ迫池」の向こう岸の木の下枝にこの夜も白鷺が沢山。数えるゆとり無し。いよいよ「山賊鍋」の坂。お茶飲。鬱陶《うっとう》しい帽子、フードを外し。坂を上る。後１０メーター急勾配。荷物重。雪は、少。それでも過酷。ここで転倒したらお仕舞い。歯を食い縛る。上りつめ。ほっと一息。また帽子とフード着。気が抜けたか or 呆けたか…？？

やっと自分と荷物を４段階段上左の扉の前へ。さてキー。鍵の状態が何だか変？見上げて吃驚。「あら？まぁ！いやだぁ！１０５号！。１つ手前の入り口…？？」少々恥。階段１段ずつ荷物をおきながら降りる。車椅子に積み直し我が家に。我ながらご苦労様の３０分帰宅延長。この夜は、冷蔵庫に収納後入浴。但し腐らない物はほったらかす。

これにて冬籠りの食料十分。１週間安心。１年がかりで一寸だけ体力が戻って来た。今日は、１日中寝。明日もさぼる。ゆっくり休んで雪の降る夜にトライした事をプラスにしようと思う。「次の挑戦に備えて」頑張り、休み、休み。頑張る。“ファイト！智恵子、グウグウ高鼾《たかいびき》！”

１１０番通報

私は、寒い日も頑張る。また左足の緊張が強。持久力と根性も強。６日は、快晴。内科受診後。電動４輪車で用事を。我が家まで２往復。最後に病院休憩室で食事して帰途。８時過ぎ。緊張する左足、踵をつけて、ゆっくり、ゆっくり先に進。この時間は、先週まで人は、まばら。暖かいこの晩人通り多。警察横で私のゆっくり歩きを見て、追い越して戻って来る人有。右足歩行に変えスピードを上げ、近づきかけた彼女に笑顔を。車椅子上の「お先にどうぞ！」のカードを見て納得したらしく彼女も私に笑顔を。踵《きびす》をかえして先に。横断歩道は、右足でダッシュ。「権ヶ迫池」横の緩やかな長い坂。左足からゆっくり歩く。足の向きを見ながらの行進。うつむき加減。其の坂を３分の２歩いた所で突然若い女性が「大丈夫ですか？」と声を。「大丈夫。いつも歩いているから」と返事。どこまでと聞かれたので池の上に見えるアパートの棟を指差す。彼女、車椅子に取り付けてある「リハビリ中」の看板を見ても夜だし、寒いから心配。家まで送ると言う。もう１時間以上歩いている私。暖まってコートもスカーフも外している。「歩いているから寒くない」と「ほらっと」自分では、暖まっているつもりの手で彼女の手に触。すると彼女は、私の手が冷えきっている。と言う。寒気や雪の中かじかんで痛かった手。この夜は、楽。「山賊鍋」の最後の急坂。どうしても他人に傍にいて欲しくない。自己調整できなくなり、強い緊張が来る。自分の緊張との闘いは辛い。それを話してやっと彼女は、小走りで離。ほっとしてゆっくり左足歩行。ふと前を見ると山賊鍋の坂下に乗用車が停。１瞬何をしているのかしら…？と思。すぐに忘。マイペースで歩いて池の端。もう少しと勇気凛々。私は、この坂を下る時は、ガードレールのある池側。（転んで車椅子が転がった時ガードレールに掴って坂を下りた経験から）上る時は、お墓側。蛇行している坂道。一寸だけ緩やか。そのお墓側の坂下。パトカーが停。私は、一寸池の端で動くのを待。でも動きそうも無い。この坂下アップダウンが複雑。転倒経験有り。真っ直ぐお墓側に渡ると危。池のフェンスに沿って歩。少し下り。そして道を横切り坂の上に向おうとブレーキから手を離した時、お巡りさんが車から降。何か言いかけたらしいが私は、吃驚仰天。パニック。車椅子が直進方向へ坂を転。私は、そのまま取手を握ったまま勢いよく坂を下る事５・６メーター。ひきづられ、動いた不自由な足。追いついたお巡りさんが車椅子を停止。転ばなかったが凄い恐怖。落ち着く間も無くお巡りさんが「通報が有りました」と言。去年も経験したので「嗚呼またか」と口惜しい思いが湧く。住所、名前を聞かれ、証明するものは？障害手帳を見。「危ないから坂の上まで送る」と言う。

わざわざ私のために来てくれたお巡りさんを断る訳にいかない。齢嵩《としかさ》の人は、パトカーで後ろからくる。若い人が私と。彼が、車いすの肘乗せを掴んだので歩きにくいと断。緊張の事を話。お喋りすると足に緊張する事も彼は、理解。それでも彼は、邪魔。早く追い払いたい。急坂になった時人が横にいるのが故の自分の緊張。それと闘いながら急坂を登る自信無。そこで急になる前に必殺技、車椅子の上に上体を被せ両手で肘掛を持ち身体全体で車椅子を押し上げる。こうすると足の緊張は、感じない。体力は、いるが、一気に坂を上る。息が切れる。彼とパトカーは、我が家の入り口までついて来る。私は、ストレス大。あのお嬢さんが９９パーセント１１０番。パトカー呼んだら安心と思って・・・？？彼女は、車の中から私を見てわざわざ降りて来てくれたから。だから、寒い、寒い、を連発。まぁ何てご親切な事でしょう！でも、この経験に私には、凄いストレス。私は、恐い思いしたのに。あのお嬢さんは、良い事したと満足しているかもしれない。口惜しくて帰宅後泣けてくる。これからも１１０番通報有るだろう。もう嫌。ストレスを溜めたくない。何とかしたい。

翌朝整形受診して半年になるから松尾先生に予約しようと思いつく。電話。翌金曜日の予約が出来。一寸元気。でもまだ治まらない。警察の市民相談課にファックスしよう。警察にファックス番号を聞くため電話。「話が一方的になるので来る様に」と言う。行くと返事。でも一寸勇気が欲しい。市営住宅相談員、療育センター総師長さん等に電話。ストレス大で呼吸が変な私を心配して内科に行けと言われる。何回も薦められたので主治医に電話。「おいで！」と先生。受診。話を聴いて頂いただけで良くなる。警察にも行く。若い相談係じっくり聞いてくれ、理解。お巡りさん達に私の事を覚えて欲しいと言うと近くの交番に通達してくれると言う。感謝。金曜日療育センターの整形に受診。夜、歩く、無事帰宅。バンザーイ！

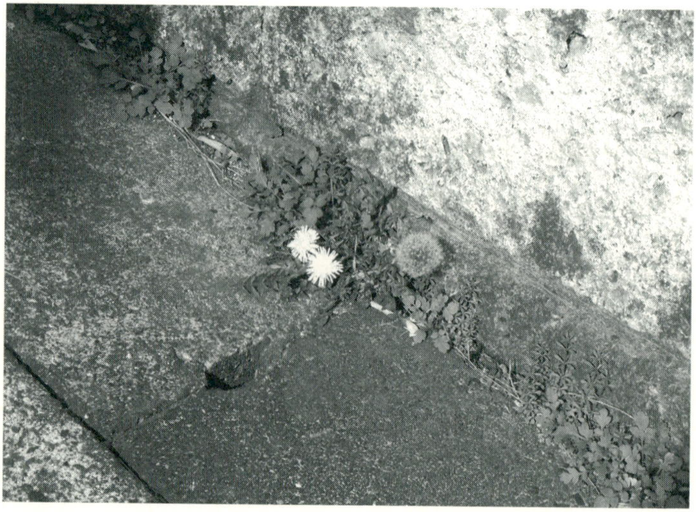

第2章

パソコンと私の神様

カンナの写真、見た

暑い、兎に角蒸し暑い。朝、散歩に行こうと思い、起きるが、雨が降っている。家の中で、体操。ベランダで何回も歩く。携帯にメール有り。Ｔさんから「カンナの写真添付」のメール。しかし、どうしても画像が出ない。午後２時１５分前、パソコンサポーターのＹさんがみえる。パソコンのこと、暑中お見舞いの葉書の印刷の事等、習う。一寸難しい。ついでに携帯の添付画像の出し方、教えて貰う。綺麗なカンナの花の写真が見えた。Ｙさん有難う。Ｔさん有難う。今日は、素敵な日だ。

ー追記

Ｊｃｏｍに電話。セキュリテーが変更のメールも有。不可と相談。１６日晩方来るとの事（無料サービス）。問題解決。他にもセキュリテーのメール有り。来て貰えると助。友人からの再添付ファイルをクリック。いつもの様に警告。開けるをクリック。すると「このファイルは、開きません。ファイルを開けるには、そのためのプログラムが必要です。」前回はじめてこの表示。これが間違いの原点。①インターネットで自動的にプログラムを検索。②又は「●パソコンにインストールされたプログラムを手動で選べ」。②の方選んだ結果が混迷原因。今回は、①を選択。色々あったので試しにワードをクリック。すると出ました、原稿が。「ヤッター！」。問題解決しました。パニックの原因のメール以外は、保存。

アオスジアゲハ

今年の正月から高校時代のクラスメイトと文通を始める。一人暮らしに慣れた私は、高校時代の友達が懐かしく思われ、４０年ぶりで（１０年程前に来た同窓会名簿を見て）試しに2人の友に年賀状を出す。その中の一人が返事の便りをくれる。私は嬉しくて文通を頼む。彼女は小学校の先生を長年勤め退職。その後も臨時教師のお呼びが、直々掛かるらしい。彼女の方から葉書をくれる。私は、パソコンで作ったアオスジアゲハの絵葉書で返事を書く。すると彼女から、チョウを娘さんと育てた思い出や日高敏隆《としたか》さんの『チョウはなぜ飛ぶか』という本の事を書いた葉書の返有り。専ら小説しか読まない私。全く無知。そこでパソコンにて検索。動物行動学者で本を沢山書いている事が分かる。そしてこれは、兄が好きそうな本で「学問」だと思う。兄は、横浜市立大に合格した後、浪人して動物生態学を学べる京都大学を受験したいと言い出した。これは当時既に入院中だった父の反対でお流れ。兄は、純粋で優しすぎ、すこぶる不器用。やはり動物学者が向いていたと思う。その１年後父が他界。浪人しなくて良かったと当時は思ったが…。人生行路の舵取りは、本当に難しい。私も思いも掛けない困難に遭遇するが、「自分で選んだ道を歩めただけ幸せだ」と思う。この事を兄の大学時代の友人にメール。

ー以下、彼のメールより

「動物行動学ではノーベル賞を受賞したローレンツが有名で『ソロモンの指輪』などが有名で一世風靡したものです。チョウのことがありましたので兄君との関係で書いてみます。

彼のチョウ好きのことはよく覚えています。それには昆虫好きの北杜夫の影響もあったことかと思います。小生も学生時代から北杜夫の小説、それも「マンボウシリーズ」ではなく、特に初期小説や純文学に近いものが好きでした。兄君の影響もあったと思います。北杜夫には『ドクトルマンボウ昆虫記』という小説もありますが、処女小説『幽霊』、短編小説『羽蟻のいる丘』、『谿間《はざま》にて』を是非、読んでみてください。兄君を思わせるものもあることと思います」。

手術入院前夜、突然メル友にと？

こんにちは、柴田です。今日は、お好きな雪景色が堪能出来そうですね。この分なら、明日の朝は全てが美しく雪化粧する事でしょう。そして、そこに太陽の光が当たったら、煌《きらめ》く銀世界の中で見慣れた景色が、どんな変貌を遂げ、私たちに、その自然の芸術を繰り広げてくれるか楽しみです。但し明日は日曜日、外出の予定無し。これが月曜日まで続いたら重度障害者の私。左足頚骨筋切腱手術の為、療育センター入院日なので、大いに困り、ブウブウ言う事でしょう。人間とは、勝手な生き物です。

突然のメル友にとの有難いお申し出に戸惑っております。昨年６月パソコンを買い　ボランティアさんの手助けで、分らないながらも､毎日楽しんでいる私です。そして１１月にインターネットに接続。PS メールの相手は少なく、まだあまり使いこなせずにいる状態です。そこで、このメールをパソコンでトライして、うまくお手元に届いたらメール友達になって頂こうと思いました。

ー以下、私の日記のままの文体です。

私は子供の頃からの障害者。軽かったけれども脳性小児麻痺。従って車の運転は無理。５年半前、無理と老化のために頚椎がずれ、神経を圧迫。頚椎を観音開き、人口骨を入れる手術。成功。脊髄がずれ、排尿排便が困難になること、認知不可状態になること回避。しかし、術後、重度障害者になる。車椅子を杖(ビックリすると投げ出すので杖は不可）代わりにして、外を歩く。転倒してはいけないと言われたが、もともと脳性小児麻痺。転ばずには歩けない。じっとしていては骨と筋肉が駄目

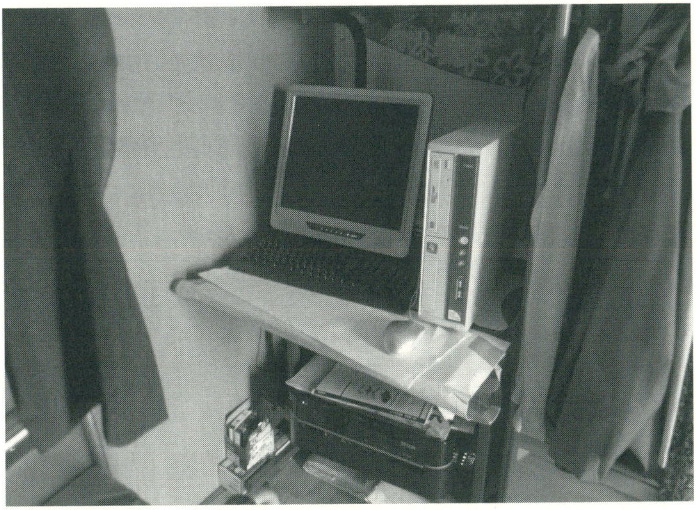

に。その時点で、転べば　寝たきり。そこで転倒を恐れずに必死でリハビリ。現在に至る。お蔭様で筋肉も付き、訓練の結果、子供ころから鋭角に曲がらなかった足首が曲がる様に。手もどんどん良くなる。

人生諦める事勿れ！行き５０分、帰り１時間半掛けて歩く。国立リハ行（健常者２０分の距離）多くの優しい方達と出会い、また四季折々に変る景色を楽しんでとても幸せに過ごす。去年はそういう出会いの中で、手が不自由で出来ないと思っていた携帯メールを若い方から教えて頂く。それが、パソコンへの挑戦となる。頚椎の後遺症で左足緊張大。足首内反。２年半前より補装具着用。この緊張は筋肉を付ければ付ける程強まる。遂に装具変形。暮に歩けなくなる前に手術を医者に勧められ決断。1月２９日に手術予定。入院は２週間程。もしこのメールが届いたらこれからも宜しく御願い致します。昼食後から打ち始めたのに、もうこんな時間で吃驚。明日は入院準備。次回は、退院後に。

パソコン買い替え

午後４時半帰宅。パソコンは、電源 OK。復活。購入後４年経過。キーボード１回、マウス２回変える。寿命が近い様な気がする。 消費税も上がりそうなので今のうち買い換えた方がよいかしらと考。呼べば来てくれ便利なので今のパソコン業者から購入しようと思う。前回は、使いこなせるかどうか分からぬまま、業者さんの連れて来たパソコンの先生（結局断った）

が選んだWindows XP 2003のパソコンを購入。購入の際のアドバイスを求め、兄の友人と息子にメール。兄の友人は、パソコン２台所有。ＸＰの方は、よくフリーズ。電源を長押し７秒。の５分の３。息子のパソコンメールを幽かに期待。送受信クリック。途端画面は、ＮＥＣ。電源長押し７秒実行。切、再稼動。またもＮＥＣ。落着いて７秒。切ってから暫く待機。入。待機。今度は、ご機嫌良し。息子のメール無。寿命近。注文するべし。決断。

１２日即注文。約束の１８日まで６日間。XP２００３は、日毎に衰える。１３日朝突然画面が消。７秒押し。効果無。コンセント入れ直し電源を。立ち上がる。マイクロソフトエラー報告来。一寸難。老朽？どこか不具合有と言う事…？？熱と湿気が悪。ほこり高き我が家。電気が逃げるかも。エアコン除湿しながら朝の電気ピーク時を避け使用。毎日データの整理。３時間も掛かるバックアップ。数回。パソコンには、かなりの負担。この後よく画面消。データは、業者さんの手で新しいパソコンに移動。彼は、筆ぐるめ（住所録）を忘。XPに再接続。XPは、正に青息吐息。作業が予定の１時間もオーバー。残念ながら住所録は１部欠けている。すべて業者さん任せの２時間半。失われた物を悲しむよりデータが残った事を喜びたい。私に新しい世界に誘ってくれたパソコンXP。「有難う！お疲れ様。」業者さんにも大感謝。

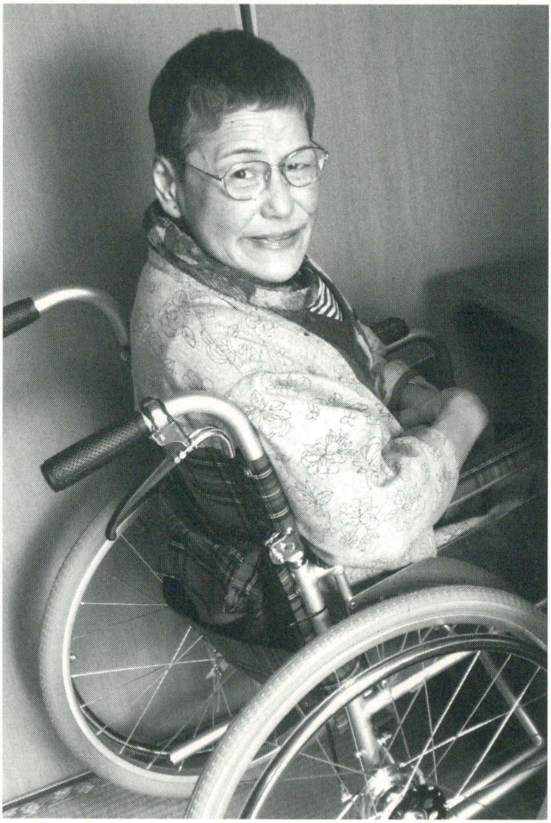

固定観念と常識の壁

小学校の友人からこんなメールが届く。

「いつも、撮られた写真を拝見しております。貴方の写真は常に斜めの線が基調となっていると思います。斜めの線は人に不安な感覚を与えると同時に、新たな視点を与えます。それ程に、人々は固定観念の中で生きているのだと思いました。その僅かな固定観念を外すのに大きな勇気を必要とするのですが、それに挑戦するのは楽しい事です。夕日が沈む地平線は水平線でなくてはならないとする強い固定観念への挑戦でしょうか」。

私は、車椅子に身体を支えながら、写真を撮る。空が綺麗。あれを撮りたい。その思いで頑張っている内に右手だけでカメラを持ち、シャッターが押せる様になる。左手は、転倒しない様に必死で車椅子の後ろの取手を掴まる。体勢が斜めと言う物理的要因の結果出来た写真が斜め。斜めでも写真が撮れる事に大満足。「あら？斜めの方が面白いわ」そこで初めて意図的に。心理的には、生活全てが固定観念に反発している。常識に従うと私は、何も出来ない。１日３６時間有ったら良いなと思う。１人なのでそれに近い生活。 週２回タクシーで病院行き、リハビリ後、預けている電動４輪で病院から買い物、役所、金融機関の用事を済ませ。帰りは、いつものように車椅子を杖替わり、ゆっくり楽しみながら歩く。 歩いていると声が掛かる、「 坂道大変ですね」少々足腰の痛そうな感じの年配者。同病相憐れむつもり？？

「いいえ、楽しいです。どんな格好でも歩ける事は、幸せです」という私の返事にビックリしている。その表情も面白い。「ヘルパーさんは？？」と、お決まりの質問。「いいえ、人に頼んだら、出来る事が出来なくなります。工夫して楽しみながら自分でしています」さらに吃驚。２の句の告げない様子。

親切そうな若者が自転車から降りて、「車いすに座って下さい、押しますから」「有難う、車椅子に乗るのは、嫌いです。歩く方が楽しいです」 彼もまた驚いている。笑顔で自転車の彼を見送り乍、私がもう２時間近く歩いているなんて想像もできないだろうなと考えて、より楽しくなる。

宵闇の中の車のライト、美しい光の川の流れ、高速道路のオレンジ色の灯り、一寸幻想的。埋立地の叢《くさむら》からは、秋の虫の美しい音色。 大いに楽しみ最後の団地への急坂、左足が緊張でひっくり返る。装具が食い込む。右足でダッシュ。昇りきる。ヤッター！バンザーイ！といつもスリル満点。

帰宅後バタンキュー。眠ってしまう。真夜中に目覚め。食事や入浴。翌日は、寝てよう日。夕方やっと目覚めパソコン。写真、メール、音楽、幸せ。手が不自由でもハイテクのお蔭でクリックだけで楽しめる。全て常識の壁を外して、人生大いに楽しむ。

デジタルカメラと電動車椅子と神様

Ｓさんと T さんにデジタルカメラを買って来て頂く。Ｓさんはカメラの使い方。T さんはパソコンにソフトを入れ、カメラから写真を取り込めるように設定。それから二人で　私が落とさずに写真を撮りケースに入れられるようにと話し合いながら、カメラのケースとストラップを取り付ける。それからカメラの側面の２箇所の小さな蓋を開ける練習を何回もさせてくれる。ひとつは、充電。もうひとつは、パソコンと接続の為に。独りで扱えるようにという心配り。本当に有難くて涙が出そう。感涙と言えば、もう一つ、大感激。突っ張り棒落下で壊れてしまったオルゴール（嫁からのバースデイプレゼント）の類似品を手に入れてくれる。それを見た時嬉しくて、泣いてしまう。Ｔさんがインターネットで探して注文してくれたそうだ。事故とは、言え、壊れては、嫁に申し訳ないのと、私自身気に入って宝物のように思っていたから、どうしても諦め切れなかったオルゴール。「本当に有難う御座います。Ｓさん！Ｔさん！」この二人には、筆舌に尽くし難い程お世話になった。去年見通しゼロで始めた片付けを何とか終える事が出来たのも、優しいＳさん達のお蔭。家も生活し易い。色々新しい機器を買って来て下さり、使用方法も私の身になって考え、アドバイスしてくれた。Ｓさん！私の望みを沢山叶えてくれてアリガトウ！私は本当にこの一年幸せでした。

　さて、私は、喜びと幸せの中で、彼等を見送り。早速、カメラの充電。幸せを噛み締めている私を　運命の神は、また新たなる道に誘う。それは、一本の電話から始まる。「柴田さん！アリガトウ」私が送ったバースデイカードを受け取ったというＮＯさんに℡。四方山話の途中、彼女は、遺族年金貰っているかと聴く。ノウと答える私に、在宅手当が貰える筈だから障害手帳を持って役所に行って申請しなさい。施設に入っていない障害者に支給される。３級の人も貰っている。私は１級だから云々。但し自分で申請しなければ駄目。医師の診断書は？と、聞く私に、手帳だけで良いと言う．電話終えて私は月々１万でも多ければ助かるだろうと言う彼女の忠告を有難いと思う反面、世の中不景気。リストラされて住む家も無い人が居る時に、お手当の申請は、躊躇《ためら》われる。私は今飢えていない。住む家も有る。今日はデジタルカメラを購入。とても幸せ。でも一寸贅沢。しかし物価高。消費税もあがる。少しでも貰えれば安心して暮せる。どうしよう…？？？？ＳＯさんは私に電動車椅子の事を教えてくれた人。彼女のアドバイス通りに「２４時間 TV」に応募して電動車椅子が当たる。

９番保健福祉相談と神様

前日の迷いは、続く。役所の子ども家庭相談員のＯ先生にTEL。午後時間下さる、お忙しいのに申し分けない。PM ３時頃役所に行く。先生は電話中。暫く待つ。先生はいつものように、にこやかに話しを聞いて下さる。最近起こったハプニングと善意の人達に助けられた事「私が、如何に幸せか」を話す。「在宅手当の事は、９番の窓口で、友達に聞いたからと言って尋ねて御覧なさい。申請書類をくれるから」とのアドバイス。目から鱗。貰えるかどうか分からないのに悩んで馬鹿みたい。９番保健福祉相談の方は。「“重度障害者手当”は、とても審査基準が厳しいです。紐が結べますか？釦《ぼたん》が掛けられますか？」と尋ねる。「はい、何とか」と、諦めて（と言うよりもともと消極的だったので）帰ろうとする私を「一寸待って下さい。調べてきますから」と、彼女は、言い。Ｋさん（多分上司）の所に行く。二人で何やら相談。Ｋさんは、私のデータを調べている。それからプリントアウトした物で更に検討。Ｋさんは、私の所に来て、「申請には、医師の診断書が要ります。診断書を書いて貰うのに９千円掛かります。診断書出しても許可されるかどうか分かりません。役所は勧めません。決めるのは、柴田さんです。」と言う。言葉の中に潜むＫさん達の優しさを私は、感じる。有難くて「主治医に相談してみます」と言って、申請書を貰って帰る。帰宅後、ＳＯさんに報告の℡。彼女と友達は簡単に受理されたので、診断書云々は驚いている。全て小泉改革以降の変化だと思う。いずれにしろ私は、心有る皆さんの気持が嬉しくて、一か八かやってみようと思う。

さて一夜明けて翌１８日木曜日 AM ９時頃療育センター整形外科に予約申し込みの℡。年内は駄目と言うのを食い下がる。２４日 PM ２時４０分ならと言うのでお願いする。２４日の午後は、３時半に歯科大学障害歯科を予約している。今度は歯科大に電話。主治医のＨ先生は、手術中。午後１時半過ぎにかけてくれとの事。１０時半頃工事の人が来る。襖を板戸にした時、戸が動く様に金のレールが貼り付けてある。その薄いレールが１～２ミリ浮いていた。居ざった時や、掃除の際に、指先が触れると痛い。たが、気にしないでいた。しかし寒くなり、肌が乾燥。右足の甲（足首）の所が切れてしまった。小さな傷だが治らない。座ると当たる。血が出る。絆創膏を貼る。乾かず化膿。１ヶ月経ち、やっと完治。Ｓさんの所は障害者やお年寄り相手のリホームセンター。黙っているより、体の不自由な人は、こんな小さな事でも怪我をする事を言った方が今後に役立つと思い、１昨日話した。早速、手直し工事。レールを全部張替える。今度は、それらにヤスリを掛けてくれる。３箇所２本ずつ。手間仕事で２時間掛かる。後日電話。「工事費サービス。有難う。助かります。」昼食後、１時半過ぎ、歯科大にTEL。Ｈ先生に２４日の午後３時の予約を午前中に変更を頼んでみる。ＯＫ。９時半なら良いとの事。「私が有難うございます。頑張って行きます」と言うと、「大丈夫ですか？一寸待って下さい。えーと１１時半。１１時半にいらして下さい」と、先生。嗚呼！なんとラッキー。優しい思いやりを感謝。無理と思われることも諦めずにトライしてみる事だ。きっと道は拓ける。

診断書と年賀状と神様

朝、役所に出す書類（療育センターの先生に書いて頂く診断書等）と国立病院の薬のファックスのＫさんとＩさんに渡すお礼の手紙をかばんに入れる。１０時過ぎ出発。タクシーで歯科大に向かう。感じの良い運転手さんだったので、お喋りをする。北方から山越えのコース。遠回りだ（運転手さんは、変らないと言うが）。車と信号は少ない。ドライブを楽しむ。運賃１９００円位。タクシー券と手帳１割引で１４１０円払う。６Ｆ障害歯科では丁度前の患者さんが帰ったばかりとの事。珍しくＳ先生が処置。いつもは指示だけ。左上歯に異常感。と言うと、先生がレントゲンを移動させて来る。写真を寝たまま撮る。スペシャルサービス。レントゲン室に移動して激しい緊張中撮る苦痛を思うと夢のように楽。先生が現像に行っている間、助手の方が、歯を磨いて、糸楊枝で歯間を綺麗にしてくれる。右下五番の冠が脱落。彼女は恐縮しているが、私はラッキーだと思う。歯科診察室で外れたことは。先生が冠を接着しながら「今日はこのまま付けますが、今度外れたら作り直しましょう」と言われる。レントゲン結果は異常無。治療が終わって２Ｆ外来受付計算窓口の前は患者さんで一杯。一時間は待ちそう。時間がない。受付の女性に午後から療育センター予約している事を言う。彼女は下の方から私のカルテを取り出し、さっさと処理。障害者の単独行動は珍しい。何処でも名前を覚えて貰えて助かる、但し悪い事出来ないが。歯科大の玄関で携帯を取り出し、タクシーを。不可。外に出て、再チャレンジ。自動車の騒音で聞こえない。少し移動。親切そうな学生さんに頼む。快諾。助かりました、有難う。タクシーで国立病院へ。今度は、タクシー券と身障１割引で約８百円。長距離の割引と初乗り無料のタクシー券（月４回×１２）は有難い、毎年１０月頃までに使い終える。今年は週２回の国立病院でのリハビリ行きを頑張って往復歩いている。（但し酷暑の夏場と歯科大行きは、バス利用）この券を真冬の為に残して有る。国立病院玄関、右手、薬ファックスコーナーに行く。Ｋさんに「お２人へのラブレター」と言って封筒を手渡して、リハに向かう。するとＩさんが、追いかけて来て、「困ります。お手紙だけ頂きます」と言い、中に入れた年賀状５枚入りの袋を私に戻す。私は、「気持なのに」と言うのがやっと。固過ぎる人。ファックスコーナーのこの御二人は、この一年いつも、話を聞いて、色々アドバイスをして下さり、精神的にも、知識としても大いに助かった。“ささやかな気持を”負担にならない程度と、考えたつもりだ。Ｉさんの性格を思い、封筒に手紙と一緒に入れ、封をしたのに。多分貰ってくれたＫさんも変な気持だったろう。リハ室に行き電動車椅子に乗って、病院レストランへ。PM １時一寸過ぎ、予約して有るので、日替わりランチを頂く。野菜たっぷり、スタミナ十分。安価で美味。ここは、セルフサービス。食券販売機の横に“身体の不自由な人”の為のブザーが在る。私がそれを押すと、「柴田さんよ、きっと」と言う声。調理の方が出て来て、全て助けて下さる。混んで忙しい時もいつもニコニコして皆優しい。この一年私が元気で居られたのもこの方達のお蔭。ふと思いつき、人数を尋ねる。５人との答え。お世話になったお礼と共に、「たった一枚ずつで申し訳ないけれど、気持です」と言って、年賀状を差し出す。「皆に渡します」と言い、優しい方なので、受け取って下さる。ラッキー。一寸傷付いた心が癒える。

M先生と手術予定と神様

レストランを出て国立病院の庭へ。裏門から療育センターに向かう。途中の道端に山茶花の赤い花が目に入る。この道は、５年前センター入院中訓練でリハビリの先生と必死に歩いた道だ。あの時先生が花を手折って私に下さった…。

そして３年前は、何も掴まらずに自立歩行を目指し、一人努力した道だ。これはスーパー２Ｆで人に突き跳ばされ、挫折。緊張高まり、以後補装具着用。思い出深い道を電動に乗って、スイスイと行く。正月前で療育センターの中は混んでいる。整形外科の前をウロウロしていると呼ばれる。電動を降り、歩いてＭ先生の前へ。私が口火を切る前、先生は、開口一番「書類は書きます」と言われる。（予め役所に出す書類は診察前看護師さんに渡している）感謝。握力を測り。現状を聞かれる。私は「左足首緊張大で装具変形、装具を作り変え中です」と言う。すると先生は、「今の内手術した方が良いよ。歩けなくなる前に手術した方が、回復早い」と発言。

“えっ！手術？歩けなくなる？”全く思っても見なかった先生の言葉に吃驚仰天。Ｍ先生は脳性麻痺専門。平成１５年８月に頚椎手術の前に国立整形主治医から紹介状を貰い診察。脳性麻痺の軽度の人（頑張って生活している人）が、無理の為、老化による２次障害で頚椎がずれて神経圧迫。このまま放って置いたら、じきに脊髄がずれ排尿排便も分からなくなり、寝たきり状態になる。今手術すれば現状維持、もしかしたら少し良くなるかもしれない。国立の医師の同様の診断に納得せず手術を反対していた主人をＭ先生が説得。私の新たなる人生を拓いて下さった方。手術した国立の整形医が平成１７年に退職。新しい若い医師達が頚椎を重視しないのに不安。Ｍ先生に半年に一回。首のレントゲンと診察お願いしている。前回は１０月。その時も緊張大で装具のベルトが食い込んで足首が痛い。痛いのでまた緊張。と先生に話した。先生は装具の変形を指摘。首のレントゲンはオーケー。また左上腿外側痛と言う私に腰骨がずれている。首ほど心配無い。次回は、また半年後だった筈…。私は歩くのが大好き。いずれは歩けなくなると覚悟している。しかしまだ歩きたい。手術をする事にした。1人暮らしは良い。自分で決められる。寒い時が良いと言う私。手術日1月29日、入院26日に、13日に入院前の検査を即決定。暫く待つ。本来の目的　役所に出す診断書を頂く。次は小倉南区役所。1Fエレベーター前で電動車いすを降りる。（エレベーターの中も外も狭い。運転の下手な私には難所）2F保健福祉9番障害者相談コーナーに行き、申請をお願いする。今回の担当は男性。彼もまた診断書をKさんの所に持って行く。Kさんはそれをじっと眺め、満足そうに前回担当した女性に見せる。「これなら良い。安心したろう」と彼女に言っているのが聞こえる。担当の男性が申請書を代筆、手続き終了。Kさんは私の所に来て、「まだ許可になるか分からない…？」と言い乍ら、嬉しそうにニコニコしている。結果は一月。私は、この方達の思いやりがとても嬉しい。これを感じる事が出来て幸せ。手術の事を急いで装具屋さんに知らせなければ迷惑。（先週仮合わせ、ドンドン製作していることだろう）担当の男性の方に事情を話し、℡して貰う。安心。国立病院に戻り。リハ室に電動車椅子を預け、普通の車椅子に掴まり売店に向かう。歩いている内に国立整形主治医に急いで報告すべきで有る事に気付く。主治医の指示で装具を作っている。装具屋さんが手術の事を主治医に聞いたら…？？？　時刻は5時。A先生まだ病棟にいらっしゃるかも。医事課外来に聞いてみる。報告したい事が有るので会いたいという私。医事課の方がTEL。先生はすぐに外来まで来て下さる。この先生は若々しくおっとりとして、何となく育ちの良さを感じる。リハビリの先生がリハビリ打ち切り通告した時も続けたいという私の希望を叶えて下さり、いつも快くリハビリ延長（３ヵ月で更新）の指示書を書いて下さる。装具等も同様。手術の事を報告。S先生は、「療育センターのM先生が手術した方が良いと言うなら　した方が良いでしょう。また報告して下さい。」と言われる。外に出ると雨。ハードな一日だったのでタクシーで帰宅。

封書と神様

平成２０年１２月２６日、今年最後のリハを終える。国立小倉病院の皆さんには本当にお世話になりました。病院通路で擦れ違う先生、看護師さん外、職員の方、清掃の方、炊事の方　皆さん　私に声を掛け、励。困った時、助。私は幸せ。感謝。この日はリハ室をワックス掛けるので電動に乗れない売店で買い物してブラブラ歩いて帰る。途中交番に寄る。路上駐車のため、嫌でも道路の真ん中を車椅子で往来。「怖い」と言いに行ったり、タクシーを呼んで貰ったり、一寸した事を助けて貰ったり、１２月初めには、落し物でお世話になる。お巡りさんは、皆優しくて親切。多分交番でも私は名前を覚えられていると思う。「お世話になりました。たった一袋で申し訳ありません。

気持です」と言い、飴の袋を差し出す。５～６人居たお巡りさんは皆にこにこ。一人出て来て受け取って下さる。ここでも幸せ。ゆっくり景色を楽しみながら帰宅。色々有った平成２０年本当に楽しかったです。そして疲れて寝ていた今日２７日。晩方散歩。帰って郵便受けに１通の封書。中には 「特別障害者手当認定通知書」が。例え 許可になるとしても来年と思っていた。夢みたい。早速ＳＯさんに℡。神様有難うございます。

第3章

レッツ、ゴー病院

療育センターM先生受診

　雨の為、緊張大。歩いての国立からの移動は、いつもの倍ほど遠く感じ、時間も倍以上掛かった。緊張を緩めるには、注射か手術。先生は、手術の方が良いといわれた。私も注射は、前回効果無かった事と、注射と同じ時期に、スーパー「トライヤル」２階で突き飛ばされ、以後激しい緊張、自立歩行断念を連想。手術の方を選ぶ。１月２５日入院、２７日手術、一ヶ月位リハビリ。１人で生活できる様になったら退院。と言う予定。「息子さんと相談して２週間以内に返事を」とのこと。私は、どうしても元気でいたい。多分このままで冬を越したら、さらに緊張大となるでしょう。そして動けなくなる日が近付く。より肥える。体重が増える。身体が重くなる。なおバランスがとれなくなり、座っていても横や後ろに転倒。現在も此の症状有り。そして糖尿病などの生活習慣病へ。すでに今日体重計測したら４９キロ。平成１５年より１０キロ増えた。坐して待つより可能性に賭けたい。４月の高校のクラス会出席を目標に頑張りたいと思う。

新たなる出発

　頚椎手術後８年目。左足手術を機にこれまで週２回。通い続けていた国立のリハビリを療育センターに変更。変更理由は、国立整形医が全く頚椎の事無理解。脳性麻痺の既往症の安定状態とみなし、いつも私の主治医は、未経験の若手で１年から２年で替わる。リハビリ指示書も看護師さんに書き方を教わって書く。リハビリ打ち切りは、整形医の指示の筈。現実は、リハの先生の通告。私は、それを２回受けた。もう「ご自分で」と。暗に示唆は、もっと有る。私の様に図太くない人は、来なくなった。小泉改革。保険の赤字等私の知らない裏が…？いずれも医事課で相談。主治医に頼む様にとの答えと医事課の口添えでクリア。若い整形医は、簡単に応じてくれた。

緊張が強くなり、装具。これも装具屋さん任せ。私は、いつも装具屋さんに相談。それで望みは、叶う。

整形医は、書くだけ。書いて頂くのを感謝しなければならない。リハの先生も何も言わない。聞いても当たりさわりのない返事。多分責任回避。と言ってもそのつどリハの先生の御世話になった。その恩を忘れていないが。

さて療育センターの入院手術。主治医は、ギブスのとれた時点で舗装具着用を指示。私は、２年前に作った装具（足首を固めすぎ、金具が当たる。この痛み激、暮の転倒も装具の金具が原因）が嫌だったので新しい装具を頼む。療育センター主治医は、装具屋さんにプラスチックの装具を依頼。装具屋さんの試行錯誤の間も先生は、関与。リハの先生も的確なアドバイス。その間私は、真ん中を縦に切ったギブスを、包帯で巻いて歩いていた。安定し歩き良く、気に入っていた。術後６週過ぎて主治医から取るように言われても不安。1日延ばした程。思い切って運動靴を履き歩いた私を見て、「主治医は、装具を着けないで良い」と診断。手術は、大成功。良い方の右足よりも左足安定。装具屋さんは、借り合わせに来て吃驚仰天。彼も装具の必要無しとの判断。結局主治医は、お守りのつもりで持っている様にと言う。その時点では、右足の方が欲しい位。と言う事で私は、療育センターの方が頚椎の後遺症や再発チェックして頂き安心。３年前より歩いていて右膝がカクッとなる。吃驚。その途端左足首が内反、見事に転倒。今この状態に陥ると、左足は、緊張で人差し指、中指、薬指、３本が下向きにクルっと曲がる。しかし転倒しないで持ち堪える。有難い事。これは、膝では、無く。首が原因らしい。故に半年一度のレントゲン検査欠かせない。さて外では歩き易い靴。素足の家の中、調子がとり難い。右足は、踵を着かないで今まで通りの歩き方、左足は、踵が着いての歩行。まだ踝、足首の両側が腫れている。そのせいか指先の力は、戻ってない。靴下を履いていないのにゴムの締め付け感が足首に。また筋力、体力が落ち、床から掴まって立つのに少々苦労。何とか頑張ろうと必死。

電動四輪車の置場

３月２５日。退院準備、外出と入浴にて風邪。激しい咽喉の痛み。入院中にて助有り。咳激にて外出せず。退院延ばし４月２日。さて夢の様に良くなった左足。術後の訓練（リハ室は、明るく活気有り。国立より脳性麻痺専門。私に合った訓練）訓練師ベテランの女性。私のもともと固い大腿の後ろ側、膝や腰等のストレッチ。退院後もリハＯＫ。

整形外科を療育センターに一本化を決意。センターの整形主治医も承諾。この手術入院中、国立内科受診。主治医の副院長のSU先生（とても優しい方で国立リハに通う間、廊下で挨拶。検診で高血圧と分かり、主治医願。ＯＫ。私の術後の土曜日わざわざ見舞いに来て下さる。感謝。）リハを国立からセンターへ変更するため国立リハ室に預けている電動四輪車の置き場の事を相談。SU先生は、「広いから良いよ」と言われる。ひと安心。入院中の３回の受診の折、時間が無く、リハ室は、素通り。国立のリハ担当の先生に手術成功言。咳激にて退院３月末と葉書。退院後も風邪の為、咳鼻みず体調不良。

4月8日

　国立内科等受診。リハビリ担当の先生の転勤を始めて知る。電動四輪車は、結果として１月より国立リハ室に預けっ放しで乗車せず。内科SU先生より女性のリハN先生復職の情報。

「電動の事をN先生に頼んで見る。お優しいからきっと大丈夫」という私にSU先生は、にこにこして賛同、激励。リハ室でN先生に話す。彼女は、黙って聞いて病棟へ。もう１人いらしたY先生（彼は、２年位前から国立リハ室に、真面目で寡黙）がカルテを持って出て来られ、リハはいつにする等詰問。一寸驚く。整形医のリハ指示は、２月で切れているはず。「リハは、療育へ変更」と、しどろもどろに答える私に「それなら電動を片付けて良いですね。ここと関係ないのに乗らないで置きっ放しで困ります。療育でリハを受けるならそちらで頼んで下さい。他の患者さんに迷惑です」正論。曲げて頼もうとする私の言葉を聞く耳を持たず。移動を通告。置けないという事プラス、私の言葉は、わからないと言う態度に。ショック！
　SU 先生ご多忙で連絡不可。私は、心が傷付き、売店での買い物計画も忘れ帰宅。帰宅後療育センターの病棟看護師長さんや社会福祉協議会に相談℡。皆さん私に同情。現実不可。社協（社会福祉協議会）から民生委員さんに依頼。民生委員さんは、腰が軽くて親切。１を聞いて１０を即判断。頭脳明晰。故に私の物言い、聞き取り難い単語に即反応。
　「理解不可」と結論。ずっと真心を５年間甘受していた私は、Y 先生の正論にショック。この時拙文を綴る心のゆとり無し。４月１４日民生委員さんと電動預かり依頼の為、国立リハ室へ。廊下でY先生に出遭う。挨拶する民生委員さんにY先生は、強い口調で前記の言葉を述べ。直ちに移動をと通告。何も廊下で話さなくてもと私は、思。民生委員さんは、即正論と納得。リハ室に向かう折、国立でリハを受けない事を私が民生委員さんに伝えて（理解させて）いない事を「困ります」と言。私は、謝るのみ。
　彼らは、二人共私の言葉の障害を言う。悪気無。でもやっぱり辛い。
　民生委員さんは、私と一緒に市立療育センターへ。電動の預かりを頼んで下さる。センターの管理職員。市の許可がいる。前例がない。責任は、誰が取る等で×。彼は、市と社協に行くと言、別。感謝。久しぶりに乗った電動にて国立、療育行ったり、来たり。５時前リハ室へ。「そのまま置いて行って良いですよ」O 先生の優しい言葉に救。有難う御座います。

外来の椅子で休んでいると「大丈夫？」と優しい声が掛かる。内科の看護師さんでSU先生と共に私の手術成功を喜んでくれた看護師さん。事情を話すともう一回SU先生に頼んでみたらと忠告。帰宅後民生委員さんに電話。彼は、明日国立リハ室にもう少し置いてくれと頼み、あちこちに置いて下さいと依頼して回ると言。私は、看護師さんの忠告を報告。翌朝訪れた民生委員さんは、前夜の電話で私が国立の他の科にかかっている事を初めて理解。リハのY先生の「私が関係ない患者」と言うのを病院全体と思い込。私が何回もSU先生の話をしているのに分からなかったらしい。早速SU先生に会いに行くと言。

私は、アドバイスの内科の看護師さんに連絡。SU先生お休み。民生委員さんに℡。既に出掛けた後。もう１回内科の看護師さんに電話。彼の事を頼む。昼前民生委員が訪。まず「私が来週の月曜日のSU先生の受診を予約。その時間を知らせてくれ。自分も行くから」と言。東奔西走。感謝。電話報告したら療育センターの総師長さんも応援して下さると言われる。有難う御座います。全ては来週。ああ！疲れた！

４月１４日

電動四輪車は、平成１７年リハ友達の情報で２４時間テレビに応募。申込書をリハの先生に書いて頂く。当選！。

但し置き場無し。１２月末日九州スズキ福岡より国立リハビリ室に電動四輪車届く。この神様の贈り物は、以後丸５年余、リハビリ室に先生方の好意に甘え置かせて頂く。その代わり乗りたい患者さんにリハ室で乗って頂いて、自立への希望に役立てて欲しいと願。私は、週2回国立まで歩き、リハ後買物、役所、金融機関にこの電動を利用。本当に助かっている。頑張って歩いたので今回の手術の成功を導く要因になったと思う。電動を預かって下さったリハビリの先生方に感謝、感謝。特に当初電動四輪車の訓練をして頂いた事は忘れられない思い出。

4月18日

「電動置き場」願叶う。ハッピー。AM10時半　国立消化器内科の前へ。民生委員さんは、既にお待ち。私は、退院前後から先週における電動四輪に関する文章をSU先生にと受付へ。民生委員さんにも渡す。民生委員さんの事も書いて有り一寸失礼。さすが民生員さん、お気を悪くなさった様子無。読後「こういう物が欲しかったのです」と言。SU先生は、気軽にリハ室へ。2回もいいえ3回（最後の電動移動の時）も私のために足を運ばれる。外来棟三階廊下。管理の方に電源の有る場所を捜させたらしい。やっぱり副院長先生！スゴイ！「誰かが何か言ったら先生のお名前言って良い」と言。有難い事。

療育センターの総看護師長さんも「電動1台に市の許可云々」と言う管理の方を叱咤なさったとの事。

国立が駄目なら、センター内自ら捜すつもりだったそうです。優しいお二人に民生委員さん、社協の方々、国立、療育の看護師さん達、皆さんで応援、この結果を喜んで下さる。感謝一杯。療育の総看護師長さんのお蔭で民生委員さんも私への理解を深めた感じ。幸せ！この４月１８日、帰宅後、Ｙ先生よりの葉書。電動は、管理上迷惑。場所を探し即移動を。（私の葉書への返事）この先生いつも他の患者さんの邪魔と主張。広いリハ室？いつもガラガラ、何か新しい計画？と疑問。副院長さんのSU先生から電動を他の患者が乗りたがる。「それが問題」と聞。

「神様の贈り物の電動四輪車」は、皆さんにリハ室で体験して頂き、ご不自由でも単独外出、自立への希望にと思っていたのに。何時の間にか忘れられていた。残念。最後に挨拶（SU先生が先導）に行った時、新しい室長さんが出て来られる。私は、「長い間有難う御座いました」とお礼。彼は丁寧に返礼。きっと副院長先生の関与に吃驚。ゴメンナサイ。

影から出現した室長さんに会って初めて大人しいＹ先生の異常なまでの厳格さ、冷たさの謎が解ける。私は、猫。Ｙ先生は、鼠。猫に鈴をつける役に選。私と交流、思い出が少ない彼が…。多分プレッシャー大。ゆとりなしで眼鏡の奥の目が恐くなっていた。可哀想に！私は、彼が室長さんに昇格して、鼠が虎さんに。責任重大で恐い感じ変貌。と思い込んでいた。私の電動が移動したので穏やかな彼に戻る事を期待。

後日談。私は、リハの先生全員（担当以外の先生にも）ずっと年賀状を出。Ｙ先生からこの翌年、年賀状有り。今年も年賀状を交換。国立廊下で挨拶も交わしている。この騒動により、電動４輪車をリハ室に届けられた当時の事を懐かしく思い出す。HM先生、HS先生、O先生。どこかゆったりした暖かい雰囲気。そして私の恩人SOさん、彼女が２４時間テレビ「愛は、地球を救う」の車椅子贈呈の情報を私以外にも毎年お友達に提供。それが当った話を聞かせてくれていた事を連想。その彼女は、今は天国。確か今頃申し込み。社協に問い合わせる。申し込みは、５月２０日まで。私には、該当する障害者のお友達は、いない。この情報を病院に知らせる決意。普通型電動車椅子のみで残念ながらシニアカーの四輪車は、なさそう。事故が多いから？

ー追記　えこ贔屓

電動置き場騒動が落着いた今、手元にあるＹ先生の葉書の「えこ贔屓」と言う言葉にどうしても引っ掛かる。今まで先生方から頂いていた真心を冒瀆された様な気がする。確かに特別なご配慮を頂いていた。しかし入院患者さん達に不満や嫉妬を感じた事はない。私は感受性が強いので人の心に敏感。皆私と共に頑張り、心有る先生方にリハビリを受ける事を喜んで励まし合っていた。葉書には、全ての患者さんに公平に接したいので云々。故に電動を直ちに移動を。公平とは？どう言う事？患者さん１人１人皆違う。リハの先生は、患者さんの立場に立って考えて社会復帰の手助けして下さる。大変だけれど素晴らしいお仕事。そこに嫉妬心やえこ贔屓等、向上心を妨げる心にも寄り添い優しい思いやりを持って接し治せば、リハビリ効果がでるはず。そういう病んだ心は、電動が移動すれば治るとは、思えない。電動の情報くれたＳＯさんは、私と電話の中でヘルパーさん無しで何とか生活出来る私を一寸羨望の言葉を発した時、すぐに「一人一人違う。だから人を羨ましがっては、いけない」と自戒の言を述。

ご不自由でも障害に負けずに残りの人生を楽しみ全う。その影に訓練師さんのお力が有ると思う。国立病院機構小倉病院の先生方、職員さん、素晴らしい方が多い。受診しない科の先生や職員さんも私に声を掛け、挨拶を返し、困った時、助けて下さる。有難い事。私は、心にゆとりの無いＹ先生に一寸傷つけられ、「負け犬にならない！」と奮起。再び先生達の真心に接する幸せに浴す。感謝この幸せを糧に心新にリハビリ頑張る決意。人生諦める事なかれ！

Ｓ歯科医院行き

　３時２０分病院出発バス停へ。バスに乗るには、勇気がいる。まず歩道段差。以前は、真っ直ぐ下りた。私は、よろめく。積んだ荷物が落ちる。危険。

１、バス停より５・６メーター先、段差の無い所に待機。

２、バスが来たら車道へ。運転手さんに手を振って合図。

３、停車したバスと歩道の間を乗口まで歩。

４、荷物を乗せた車椅子を置いたままバスに。

５、ステップをよじのぼり「すみません。車椅子を乗せて下さい」と大声で叫ぶ。

６、運転手さんが車椅子を乗せてくれる。

　この積極性が無いとバスに乗り損ねる。車椅子のマークが付いていても余計な手間。なるべく身障者は、乗せたく無い。こんな気持の運転手さんもいる。勇気がなく、歯科大学前で２・３台乗り損ね１時間以上待った経験あり。マーク無しのバスが乗せてくれた事も有る。この時は、本当に嬉しかった。全て運転手さんのお人柄。この日のバスの運転手さん、嫌、嫌な気持が顔に顕著。車椅子を乗。普通この時点で運転手さんは、行き先確認。しかし彼は、さっと運転席に。その背中に「三萩野までお願いします！」と私は、叫ぶ。車椅子のブレーキ掛けをヘルプしてくれた前席の女性が心配して、運転手さんに私の行き先を言。答無。さて三萩野。私は、運賃を手に席を立。客が数名降りてしまうのを待。今度は、男性客が私の降車を言。「分かっています」と運転手さんの返事。「分かっているなら返事せんか」男性客は、少々お冠。兎も角運転手さんは、運賃受。車椅子を歩道に。「これは、無理だ」と言う男性客の声を聞きながら車道に降りた私をヘルプ。無事車椅子に掴まらせてくれた。

感謝。乗客の皆さん、有難うございました。歩き出すと「乗らないか」と言う声。タクシー。私のバス下車を逐一見ていたらしい。「これから八幡西区に行くの。バスに乗ります。」歩きながら返事。露天商の八百屋を横目に。安価。４０年前と同。バス停到着４時５分。時間にゆとり。メールを歯科医にと携帯。脳がパニック…？？何回トライしても誤字しか打てない。諦。「今　みはぎの　に　います。かつき行きのバスに」で送信。私より一寸年上の女性が声を掛けて来る。

お喋り。やがてバス。鋪道が高いので車道に。バスと歩道の間ギリギリ。必死で乗り口へ。一緒にバス停にいた女性の「危ない」心配そうな声が耳に。彼女は、乗らずに私を待。失礼して車椅子を置。お先にバスへ。私が頼む前にバス停の女性が応援を。乗客の男性と２人で上げてくれる。「お助けマンさん、有難う！」私は、車椅子に掴まって立。若い女性が席を譲。やっと運転手さん登場。車椅子のブレーキ確認。すぐ運転席に。行き先を聞かない。疲れた私も後に。目的地まで５０分足らず。速い。大声で「すみません。降ります」と叫ぶ。運転手さんが来たので運賃を差し出す。彼は、「前の運賃箱に入れてくれ」と言う。「無理」と言う私。聞く耳持たない。仕方が無いので乗る時席を譲ってくれた若い女性にお金を渡して依頼。結局その女性が私の運賃を入れる時、運転手さんも前に。要するに車椅子を降ろしに立って来たのでたった数歩戻るのが億劫。こういう運転手さんがたまにいる。

バス乗車トライの最初の頃、言われるままに頑張って前から降。高い歩道に上がれず転倒。頭ゴツン。恐怖を味わう。その経験により厚かましく、図々しくも前まで歩けないと言う事にしている。

ともかく車椅子を舗道上に上げて貰い、私も掴まらせて頂いた事を運転手さんに感謝。心有るお助けマンの乗客の方々有難う御座いました。

歯科医院は、道路を２つ渡った所。直ぐそこ。元気良く歩。しかし医院の前で車椅子を置。引き戸を開。玄関。スポーツバッグ（ハンドバッグと内科のお薬を入れた）が重すぎた。バランス崩して転倒。別に何所も打って無い。少々無様な入来。歯科医院の優しいスタッフの方達に心配して頂いて疲れが飛ぶ。先生がお優しいから皆優しい方ばかり。

以前、主人の車でこの歯科医院に行った帰り際、玄関の外で転倒して頭に瘤を作ったことが有る。見ていた患者さんの通報で先生やスタッフが心配して４・５人ゾロゾロ。私を車に乗せて、濡れたタオルを貸してくれた。心配性の主人、いつも私が転ぶと気違いの様に激怒。この時は、すごかった。いきなり車を発進。驚いている私の頭を拳骨でぼかぼか殴る。その痛い事。泣きっ瘤《こぶ》に拳骨だ。後日タオルは、お礼状共にお返ししたが…？？

この時の私の転倒への主人の怒りは、運転席でじっと座ったままの主人の顔を皆が見ていた。何で自分の妻を助けようとしないのか非難の目で見ていた。（嗚呼！足さえ良かったら。口惜しい！）と言うこと。聞けばその心理状態は、分からないでもないが、それで私を殴るなんてかなり主人は、神経を病んでいたと思う。可哀想に！

歯は真二つに割れ６・７年経った右下７番の歯、去年の春より割れ目広がり、詰め物無し。この先生のお蔭で炎症も起こさず頑張っている。有り難い事。１月１８日にインプラントのトラブル増とのテレビで報道有り。腕の悪い歯科医師がもうけ主義で手術。神経や血管を傷つけてしまうと言う事故。他の医師にも相談してからその手術を受ける様にとのアドバイス。

歯は、抜いてしまったらお仕舞。私は、19歳の時、神奈川県相模原市の「身体障害者職業訓練所」に入所。そこに、まだ23歳なのに上歯が４本位しか無い女性がいた。私と同様脳性麻痺。入れ歯を作ったがうまく使え無い。それで歯無し状態。「嗚呼！私もきっと同様の運命」と深く記憶。インプラントなら…？？とある時希望。浅薄な考え。お金、体力、上記のリスク。一番良いのは、歯磨き。定期健診とケア。予防ケアが如何に大切かを私程実感している人間は、いないと思う。母は、４０歳で総入れ歯。兄も６０歳のころ歯槽膿漏で抜歯。私との違いは、良い歯医者さんと電動歯ブラシとの出遇い。完治療とケア。手が不自由で歯磨きが下手でとことん悪くした30代40代。４０代に治療した歯が６７歳の今も健在。これが元気の源。人生諦める事勿れ！７時の閉院まで待ち、この夜も先生のワゴン車で送って頂く。都市高速２０分。美しい夜景も束の間。感謝の言葉が分からない。有難くて自分が幸せな人間だとつくづく思う。

ー追記

１９日疲れた頭で静岡の保険会社に電話。電動の自損事故を受け付けて貰う。福岡のスズキにも℡。担当者が北九州に出張中。ファックスを送ればすぐ対応すると言う。ファックスも℡も全て混乱。何回もトライ。何とか通じる。九州スズキの対応の速い事。１９日に電動の写真を撮り、２３日に修理完了。病院の誰に御世話になったか不明。真に申し訳ない次第。２４日療育センターリハで電動に。綺麗になってエンジンも軽快。有り難い。

午前中、国立内科に電話

２８日の検査に備えて検尿器を貰う為。手の震える私。こぼす。自宅なら楽。大急ぎ。工事は、鋼材の壁貼り付けの手作業。“とってん、とってん”と喧しいが、大型重機がないので、ガードマンは、少。タクシーを呼んでも先触れのお手伝い無し。

前回私の緊張大。リハの先生は、装具着用での自立歩行訓練を指示。装具をセンターに預ける事に。息子の中学生時代のスポーツバッグに装具と靴を。大荷物。タクシーの運転手さんを玄関まで依頼。乗車。療育センター玄関前着。運転手さんは、さっさと車椅子を玄関前に持って行く。乗る時仮足場の手摺に掴ってタクシー乗車。自立歩行可と思ったらしい。荷物を持った運転手さんに手を借りて車椅子に。車椅子は、畳んだまま安定悪。少々緊張。バランス失い膝を突く。運転手さんは、驚。立たせようとする。彼の手を拒。車椅子のブレーキをかけて取手に掴ってゆっくり立。運転手さんにお礼を言って玄関に。

さて補装具。術後作ってからずっと棚の上のお飾り。歩く度にきゅきゅと音がする。童謡の靴磨きの歌を連想。確かに安定。慣れれば歩き易いかも。頚椎の手術後足指の筋肉弱。リハビリで成るべく踵を使。装具着用７年。前年の手術後装具無歩行。去年暮れより友人とデート。頑張って歩くうちにバランスは、悪いままだが、４歳から５８歳まで慣れ親しんだ爪先歩き復活。という事で踵固定の久しぶりの装具着用疲。でも正しい歩き方は、大事。これから頑張ろう。ファイト！

国立レストラン４時２０分。郵便局は、５時まで。間に合わない。お弁当を依頼。電動で郵便局へ。病院に帰。売店にて弁当を受け取り休憩室。ちゃんと食べやすい様に小さく切ってあるおかず。フォークとスプーン。本当に感謝。ゆっくり休。７時過ぎ帰り支度。郵便局往復中、黒雲。車椅子上の荷物をビニールで覆っていると母娘入来。「こんばんは」と声を掛ける。お母さんが娘さんに返事を促。３歳の彼女は、人懐こい。私の作業に興味津々。何しているかと聞。私の顔は、何故か緊張で歪む。今度は、「どうしてそんな顔をするのか」と質問。真に無邪気。私は、「病気だから」と返答。このお嬢さんは、私が気に入ったらしく、お宮参り（7・5・3）した事などぺちゃくちゃ喋る。父親を待つために休憩室に。そろそろ帰ると言う私に母親が雨音を警告。大雨？支度を厳重にやり直す私。飽きて車へ行くという娘さんとおかあさんに笑顔で「ばいばい」。雨音は、さらに激。最初からびしょぬれは、嫌。雨音が静まるまで待つ事に。８時過ぎ雨は、上がる。大きな水溜りに映る信号の長く伸びる美しい光を楽しみながら無事帰宅。あの可愛いお嬢さんは、私のお助けマン。彼女の相手をしなかったら７時ごろ歩。私は、ずぶぬれ。きっと風邪を引。翌日休養。疲れ取れず１日中ぼぉーとしている。

１１月２８日水曜日、内科検査日

　急いで外出用意。頑張ったが内科外来到着は、１２時半。遅くなってゴメンナサイ。恐怖の血液検査。母に似て血管が細い。４１年間（子供の頃丈夫で静脈注射経験無）うち１回で針が入ったのは、数回。それでも今は、歳を取り。右手首の静脈が浮き出、血圧高で一寸楽。５０代の頃、やっと静脈に針が入ったのに血液が途中で止。腕を押しまくられた。これも大変。息子が出来た時、つわりが酷。痩せ細る。毎日産婦人科で静脈注射。針が入らず両腕は、青ズミだらけ。身体は、緊張。血管逃。看護師皆お手上げ。最後に医者。さすがに彼は、1回でクリア。昭和４６年のこと。

　さて眼科。視力検査。眼底検査。診察。誘導する看護師さんが車椅子のブレーキを掛けようとする私の動作を誤解。「違う！違う！そこの椅子」と指示。3回全部。「わかっています」と言い返したかったが我慢。患者さんが転ばないように気配りするのは、看護師さんの役目。いつも感謝や迷惑掛けて申し訳ない気持を抱く私。何故反発を覚えたのだろうか…？？多分彼女の言葉は、状況の素早い判断に基づく無意識の否定と命令口調故。これも患者さんの命を守る仕事故大切な事かもしれないが。緊急でない時は、相手の立場に立つ心のゆとりを持てたらより素晴らしい看護師さんになると思う。血液検査、尿検査結果まずまず。バンザーイ！内科受診後外来にて清掃の女性と喋る。友人に送ろうと持っていた『arc16号』を見せると欲しいと言う。今度来る時あげると約束。エレベーターの前でいつも明るく声を掛けてくれる看護師さんに会。小児科外来という彼女とも約。郵便局に行くため外へ、眩。まだ瞳孔は、戻ってない。サングラスを掛け電動を走。いつもの様に優しい郵便係のお世話に。次にソフトバンク。節電設定時間延長と画面を明るくして貰う。

検査のため朝食抜き。バテたくない。病院レストランへ。満腹。お薬を頂き、八百屋。美人で明るい奥さんにarcを２冊。喜受。バナナ１房購入。もう夕方。薄暗い。久しぶり電動にて我が家に。やる気十分。トライ！仮足場ぎりぎり斜めに電動停車。買い物荷物２つを足場に置き、バッグは、電動の足元に。手摺に掴りながら荷物を交互に移動。何とか運んで家の中。大急ぎで腐る物だけ冷蔵庫。後は、ほったらかす。急いで電動。バッグもキーも無事。辺りは、宵闇。道路は、車多。ライトを点。病院へ急げ！

このごろ、病院の裏の駐車場の方の入り口が片側が閉。出る時は、職員さんが私のために開。新病棟急患入り口に行った方が賢。この日も病院休憩室でゆっくり。ｐｍ８時夏ならまだ薄明るい駐車場。もう深夜の趣。月（多分十五夜）煌々と青白い光を投げ掛ける。美しい！実に美しい！カメラを取り出そうと車椅子上にかがみこむ。後ろから声。「大丈夫ですか？」寮に帰る看護師さんらしい。「勿論。月が美しいから写真を撮ろうと思って…」彼女も空を見上げて月の美しさに始めて気付いたようだ。「気をつけて！」と去って行く彼女の背中に「有難う！」と声で追い掛ける。カメラを月に向けてパチリ。冷たい夜風の中ゆっくり帰途。アパート入り口足場は、大変。郵便受けの中身を下（掘ってチップで埋めた所）にいつも取り落とす。郵便受けに掴り膝をついて拾。膝当てが有りがたい。この夜も無事帰宅。

右下７番の歯

２月６日、療育センター（１２日間の左足頚骨筋切腱手術入院）を退院直後その足で、入院中外れた歯の冠を付けて貰う為に、歯科大障害歯科に向かう。受診した結果Ｈ先生に歯が、真２つに割れているから早く抜いた方が良いと言。私の頭の中は、療育センター入院中たまたま同室で２日前７本も抜歯手術を受けた３２歳の障害者（男の方）の事で一杯。

付き添いの母親の話では、毎日彼女が膝の上に頭を乗せ、歯を磨いているとの事。原因不明の発熱。記念病院に入院中。歯と分り、異常に怯えるからセンターにて抜歯。

翌日記念病院に戻る。炎症をほって置くと全身へ。彼は７本も耐えていた。私も頑張ろうと抜歯１０日の予約。しかし帰宅して一人になると、１０年程前左下奥歯を抜歯後、口中痛み、体調を崩した事が頭をよぎる。転倒も多。今にして思えば、４０歳頃から少しずつ始まっていた頚椎のずれを加速したに違いない。さらに思いは、足の手術をしたばかりの今、抜歯後１人で帰宅できるだろうか？夜１人で過ごせるだろうか？抜歯そのものプラス麻酔と緊張による身体への影響が懸念へと。同室の障害者は、７本も抜いたとは言え、入院中で手厚い看護を受け、母親が付き添う。おまけに彼は私の半分も若い。比較にならない。

私の虫歯が酷くなったのは、息子が乳児の時。痛み止めを飲んで、彼が歩ける日を待ちに待った。１本抜いたら、他の歯が一斉に悲鳴を上げる。冠が取れた時、師長さんに言わなかった事が悔やまれる。退院までたった２日間で冠の取れた後のセメント等が舌や頬の内側の当たり口内炎になる。

抜歯への体調不安に悩まされながら、思いは、さらに三年前へ。「歯が真２つに割れています。直に抜かなくては、いけません。」という言葉を総合歯科や口腔外科の数人の医師達に宣告されていた事を思い出す。今回は、H先生は初めて診てもらったけれども、もともと真２つに割。平成１８年４月末日の時点で既に…。私は、ずっと総合歯科に通っていた。健康の源は歯。頚椎の手術２年後、必死のリハビリ。とうとう何も掴まらずに外歩き挑戦。実現に１歩１歩近付いていた平成１７年１２

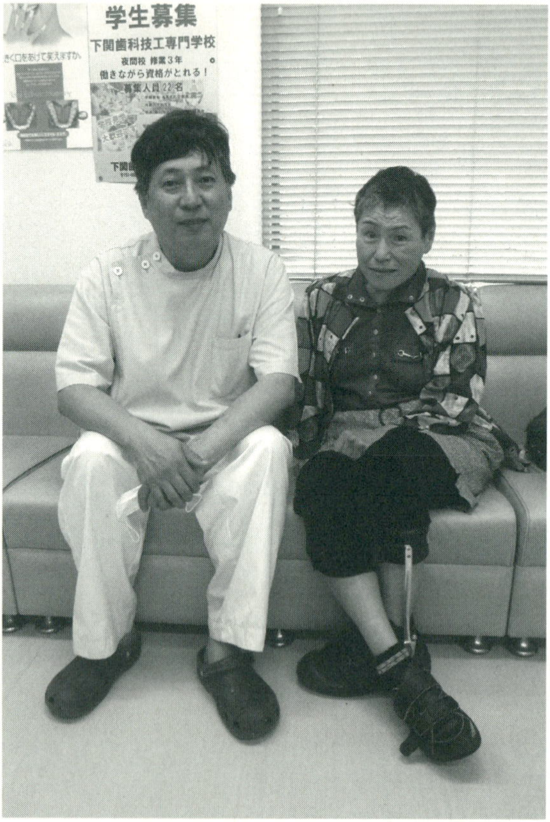
きく口をあけて笑えますか。
学生募集
下関歯科技工専門学校
夜間校 修業3年
働きながら資格がとれる！
募集人員22名

月２１日いつものように超音波で歯をクリーニング。その時右下７番の歯が炎症。頬まで膿んでいると診断。歯は全く痛み無し。主治医 NI から根治専門医 NO を紹介。

１８年1月10日頃冠を外す。確か緊張等の症状の有る私の為に、その冠を作った時に、外れない様に柱を立てて、その上に冠を被せると言われたような気がする。しっかり付いている冠。激しく緊張する私に始めて接した女医さん。優しすぎる彼女は冠を外すのに大変な労力と時間を費やす。彼女は、私の通常の主治医に一々相談。私は、激しい緊張故に大層な痛みと苦痛を経験。果たして歯は、このとき割れ始めたのであろうか？そう言えば彼女は「私の歯根が一緒になっている」と言。相当困っている様子。NI 医師に「何とか頑張ります。」といっているのが、耳に入。余談だが昨年春左下６番の歯根治療を障害歯科の K 医師にして頂く。その時彼女は、「神経を殺した歯は、栄養が行かないので割れやすい。２つのうち１つは塞がっています。無理に空けると歯が割れるといけないので１箇所だけにしておきます。」と説明。今その６番の歯の辺りは、落ち着いている。

平成１８年２月６日私は近くのスーパー「トライアル」へ買い物。２F で１人ボツボツ歩行。階段を駆け上がってきた女性が私の肩に直撃。転倒して前歯を打つ。出血。傷軽。しかし、精神的ショック大。この時より緊張高まり、自立歩行困難となる。冠を外し、炎症が治らない右下７番の歯は、この時さらに割…？女医さんの所に、その後も通院。彼女が処置した後、学生さんがクリーニング。４月初め、ある学生さんが超音波で綺麗にしてくれた後、数日間、全く痛くなかった右下７番の歯周辺が始めて痛。多分この時（既に割れ目があったかもしれないが）歯は、真２つに割。その痛みが無くなった４月下旬歯科大へ。診察した女医さんが、「あら！歯が割れている。だから膿が引かなかったんだわ。」妙に納得した様に呟く。彼女は、本来の主治医に報告。彼は、私の歯を診て通告。「歯が真２つに割。自然に割れる事が有る。抜歯しなくてはいけません。今から口腔外科に行って予約を。」私は、女医さんに付き添われ6F口腔外科へ。そこで割れた歯を確認。５月の連休明け抜歯の予約。痛くない歯のために４ヶ月通った挙句の抜歯宣告。私は、納得出来ない。抜歯したくない。左足に装具を作ることにした矢先だ。

これからリハビリ専念して、再び沢山歩きたい。自立歩行は、もう諦。若ければ頑張る。６０歳過ぎている。手離しで自分の緊張をコントロールしながらバランスをとって歩くのは、至難の技。吃驚緊張転倒症状付だから。車椅子に掴まり、装具を付けてどんな格好でも良い。歩きたい。歩ける事は幸せ。今歯を抜いたら御仕舞。良い医者と聞いた近くの開業医に行く。割れた歯に勝手に冠。入口階段高。診療時間２時間。口を開けたまま。疲。緊張大。私に無理。思いあぐねて療育センターの歯科医Ｏ先生に相談。彼女は、歯科大の障害歯科のＨ先生への紹介状を書く。嬉しくて涙。私は、歯科大の障害歯科に通。最初は、主人の運転する車。殆どバス。南区役所の前から黒崎行きに乗車。バスの数は、少。乗り換え無。楽。このバスは、平成20年から無。障害歯科では、先生方が皆優しく、休み休みケア。総合歯科で治療後のように顎が痛くなることは、無い。H先生は、アメリカに留学。19年夏から私は、K先生のお世話になる。彼女は若いが、とても優秀。その後1年手厚いケアを彼女から受ける。

平成22年の夏、私は3回も飛行機で東京、神奈川、長野を往復する。20年来一人で小倉駅すら行った事の無い私が、肺癌の兄の見舞い、荼毘《だび》、納骨。そして9月5日松本空港。多くの善意の方々に助けられて長野県大町市の父の眠るお寺に兄を母と共に永代供養して、福岡へ。晩方帰宅。翌日6日夜元気だった主人が突然心不全であの世に旅立つ。

このハプニング続きの間も右下7番の歯には痛み全く無し。K先生は、割れた歯の保存に理解と興味を示す。いつも高さをチェックしてくれ、学生さん達に、「この歯は、他の歯医者さんで割れてしまい、でも保存を希望しています。今そういう方も多い」と何回も話す。20年の春この歯の冠が取れた時もその話しながら、冠を接着。その彼女は、20年8月に福岡の病院に行ってしまう。

私は、またH先生にお世話に。しかし障害歯科の患者は多い。私のようにケアだけの患者は、殆ど助手(学生さん)の手に委ねられる。但しさすが障害歯科の実習生。休み休みのケア。あごが痛む事も緊張からの頭痛は、全く無。右下7番の歯はいつしか忘。私自身もたまに歯茎に異常感を感じる事も有ったが大した事無いので気にしなくなる。１２月(糸楊枝治療中)と１月（食事中）続けて右下６番の冠が外れる。冠も歯も異常無しで接着。今にして思えば割れた歯からの暗示だったかもしれない。１月は、Ｈ先生は、てんてこ舞のご様子。私は、ピンチヒッターのＷ先生にケアして戴く。手術入院３日前のこの日、Ｗ先生は、「大丈夫入院中取れる事有りません」と６番の冠の太鼓判を押す。この時７番の冠は…？手術の時とその後酸素吸入。正味４時間位していた。接着に何らかの刺激。その後、１週間で外れた…？足の手術には、果敢に立ち向かった私だが、Ｈ先生のお蔭で､口内炎も治。痛くもないのに抜歯したく無い。ここで抜歯したら体調を崩す。３年持っている歯を急いで抜く必要あるのだろうか？３年前より割れ目は大きくなっているだろうか？等など、３年前と同様に思い悩む。３月９日（抜歯予約前日）１日中悩んで過ごすのは、身体に良くない。閃。セカンドオピニオンとして２５年歯科大でお世話になった八幡西区のＳ先生に受診して、判断して頂こうと決心。タクシーにて実行。綺麗に清掃していれば急いで抜かなくても良いと言われて、大喜び。元気１００倍。タクシーで小倉南区に戻り、療育センター歯科外来Ｏ先生を訪。事情を話すと彼女は、快く翌日の歯科大予約のキャンセルを引き受けて下さる。かくして右下７番の割れた歯は今なお私の口の中で治まっている。

療育センター、リハビリ

鼻風邪は、計画通り３日で治る。大事を取って４日目も布団の中。５日日曜日気温も上昇。家の中でゴソゴソ。何故か尿量多。インフルエンザに罹り始め、尿が多く出る。用心、用心。夕方咳。暖かい日は、調子が狂う。６日も咳少々。首の左右のひりひり痛。皮膚に異常無と言う事なので温めたタオルを寝る前当てる。後は、ワセリンで首のマッサージ。効果は、分からないが、手指のリハビリには、なる。この痛い所は、頚椎手術直後痛く辛かった場所。神経の集まった所かしら？あの時と違い触っても痛くない。手当が出来る。鎮痛剤が効くから助かる。さて療育センターのリハビリの時間３時15分から。冬は、全てに時間が掛かる。おまけに咳。午前中ぼぉーっとする。タクシーで玄関横付け。３時15分リハビリ室セーフ。リハ担当の先生の頚椎の手術した患者さんが先生と一緒に私を待。４０代の男性。

普段他の患者さんの話をしない先生がこの患者さんを３０年前に担当した事。緊張が強く、とうとう歩けなく施設に入った事。術後手の回復が遅れ、今まで出来た事が無理。他の施設を探している等心底心配している先生のご様子。もしかしたら新人の頃担当した患者さん…？？と推察。何か役に立てたらと思い。「次回会いたい」と頼む。私の大変な頚椎手術入院前後の体験談も約束。この体験談。手術入院決定の受診日。医事課で予め役所に手続きすれば、入院費の軽減措置有りと聞く。フラフラの状態だが其の時障害手帳３級。少しでも費用削減。有り難い。優しい看護師さんに助けて貰いタクシーに。区役所。手続きが済んで役所の方にタクシーに乗せて貰い帰宅。療育センター転院後の役所行きは、リハビリ中の先生の協力。行きは、頑張って歩いたが帰りは、遅刻を恐れ青くなった先生が走りながら押す車椅子に乗。センターに飛び込んだ時、時刻を告げる音。初冬。寒くて熱い思い出。エピソードが多。凄い経験。文章綴る気にならず約束不履行。

紹介されたWくんは、好男子。前より利かない体に精神的に負。しかしそのごつごつした手が努力家である事を物語っている。そこで私が頚椎術後すぐにリハの先生に教えて頂いた手の運動。

1、両手指を組んで左右に引っ張り合う事。

2、左右の拳骨を上下に押し合う事。

3、両手の掌を合掌して押し合う事。

薦めて見る。これらは、肩や腕力がつく。指にも力が入。何処でもできる。何よりも良いことは、簡単。出来ないと落ち込む心配のない動作。 私が頑張って自分のカリキュラムに挑戦していたら彼も車椅子から降りて、座る練習を始める。少しは、役に立てた様。脳性麻痺の障害故に健常者の何倍も努力しなくては、いけない。でも頑張っていれば絶対成果有。ネバー ギブ アップ!

訓練終了後も少し彼と話す。首カラーがどれ位で外れるか…？半年。骨が付くのに半年かかるらしい。私もカラーは、辛かった。カラーの布地に皮膚が負けて痛く、御飯を食べるとき皮膚がカラーに擦れる。痛かった！毎食１時間半掛かり残さず食べる。治りたいいち念。丁度今そこが神経痛。彼と別れ４時25分。急いで国立病院。電動乗。40分レストラン。５時まで。食事終え、小雨。療育センター医事科へ伝票。５時10分。間に合った！いつも通り八百屋とセブンイレブンへ。夕方車多。コンビニの優しい男性。にこにこして買い物ヘルプ。店の前のみならず横断歩道を渡ってまで電動四輪車を誘導してくれる。大感謝。笑顔で別。再び車椅子を押して病院１階休憩室。車椅子のシートにビニール。荷物もビニールにくるみネットで覆う。暖房の中での荷造り。身体は、芯から温もる。７時半出発。この夜は、南区役所、警察署、企救中学、「権ヶ迫池」の前の道を辿る。雪も雨も無。穏やかな夜。この３週間で一番楽。暑い！レインコート、スカーフ、帽子脱。身軽で坂道。無事帰宅。その後１週間冬籠り。風邪もまあまあ。押したり引いたりの元通り。大いにさぼり、頑張って冬を乗り切りたいと思う。

内科受診日雨

夕方より風雨強まると言う予報。受診後病院のロッカーに荷物を入れ、車椅子にビニールを敷き、レインコートのフードを被り、雨の中買い物。いつもの八百屋、コンビニ、郵便局まで歩。雨脚強くかなり歩き辛い。頑張る。皆親切。目的達成。病院玄関で荷物を整理。車椅子を拭。ビニールの水滴払いは、助けを求。これは、私にとって大変。手助け本当に有難い。濡れた服を着替え、タクシーを。息子に携帯持たされ４年半、やっと外でもTEL可能。親切なタクシー運転手さん、直ぐに来る。予報通りの激しい雨風。無事帰宅。入浴後買い物荷物整理中居眠り、目覚めて片付けて床に就いた朝の４時。

第４章

マフラーと遺伝子

幼稚園

息子の幼児期は、日本が豊か。子供は、幼稚園か保育園に行かせるのが当たり前の時代。教育ママ達は学習塾に通わせ、高学歴イコール良い就職。その子の幸せな一生がと思い込む。しかし…？？

私は、息子に幼稚園へ行かなくても学校に行ける。と教え込む。大人たちは、子供にいくつと年を聞いて、「じゃあ来年幼稚園だね」と言う。息子は、「僕、幼稚園は、行かない。小学校にいくんだ」健気にも元気よく答えていた。私は、思いっきり外に出て息子を遊ばせる。というより息子に私が遊んでもらう。

当時、私の様な身障者が結婚して子供を育てている姿は珍。物怖じしない可愛い盛りの息子と私は、多くの人に好意的に覚えられる。４０年近く過ぎた今でも年１回位「息子さん、大きくなったでしょう？」と声を掛けられる。息子が４歳の時区役所の隣の市民センターが建。２階に図書館がオープン。幼稚園の代わりに毎日図書館通い。楽しい日課。そんな折、主人の姉より、友人の市立小倉南幼稚園の園長先生からの情報で幼稚園に授業料免除制度有りとの話。申し込む。当時第２次ベビーブーム。応募者多数。籤《くじ》。ガラガラ回す。当選。息子は、５歳の年長組に晴れて入園。

バスの有る私立と違い毎日親の送迎義務。お弁当のある日は、お迎え１時半。無い日は、１１時（もしかしたら最初だけ。後期は、１２時まで有ったかも。記憶無）。９時に送、家に帰るのも大変。１年間私は、市民センターの図書館で過ごす。折角の２・３時間無為に過ごしては、勿体無い。小学校の勉強の一寸先取りして学。また馬鹿の１つ覚えの鈎針編み。横浜のリハビリセンターの手芸クラブで習った松葉編みで母のショールを作。上手く仕上がる。調子に乗。本を買。玉編みに挑戦。帽子を編む。見ていた息子が自分のマフラーを要求。彼の希望通りの配色で編む。通園ごとに彼の首を温めた。

次の冬は、小学生。見向きもしない。編み物は、肩が凝る。この後、私も編み物の本を見向きもしない。

洋裁と言おうかミシン掛けは、５０代後半まで。転倒が多。ミシンの足で頭を打撲、傷。痛みかなり続。危険。ミシン捨。知識だけ頭に詰め込み、職業訓練所で身に付かなかった洋裁。ミシン（主人の従妹のお古）を手に入。主人の姉達、私の叔母従妹達から集まる大量の古着を格好良く着られる様にアレンジ。私は、６０歳過ぎてから新品の洋服を初めて着用。

息子の幼児時代のズボンも改良。膝宛にアイロンパッチで彼の好きなキャラクターを付。さて幼稚園のクリスマス会で園からお菓子を入れる長靴型の袋。「お母さんが絵を描いて作ってくれ」と要望。手の不自由な私に同情した数人のお母さん方が代わりに作ってくれると言。でも私は、どうしても自分で作りたかった。紙に絵を書くのは、苦手。震える手で何回も扱ったら皺だらけ破れる。布だったら大丈夫。園から貰った長靴の紙を型紙にスカートをほどいた青い布地に毛糸で刺繍。房も付け。ボンボンも。何日も何日も掛かって作成。幼稚園に遅れるお詫びを言った記憶有り。クリスマス会で拍手喝采の満座の中、名前を呼ばれて長靴を受取る息子の誰よりも嬉しそうな、得意そうな笑顔。忘れられない思い出。ヤッター！

団地の同じ幼稚園に通う母娘、最初は、一緒に歩いて通園。途中からお母さんの漕ぐ自転車に。首に私の編んだマフラー巻いた息子も自転車で。歩く私を交差点の信号でちゃんと待つ。どちらが保護者か判らない。途中の南区役所の自転車置き場に駐輪。たった５分の晴れ舞台の長靴。そしてひと冬のマフラー。これらは、私の母親として頑張った証。大切な宝物。

息子に付き合ってかなり遠くまでウロウロしていた私、皆さんが覚えてくれていて記憶の中で歳を経たのも忘。「息子さん大きくなったでしょう？」といまだに声をかけてくれる人有り。つい１ヶ月前も。何とも有り難いこと。でも４０歳過ぎている息子。身長１８０センチを越。確かに大きくなりました。何とも言えないユーモアを感じる。

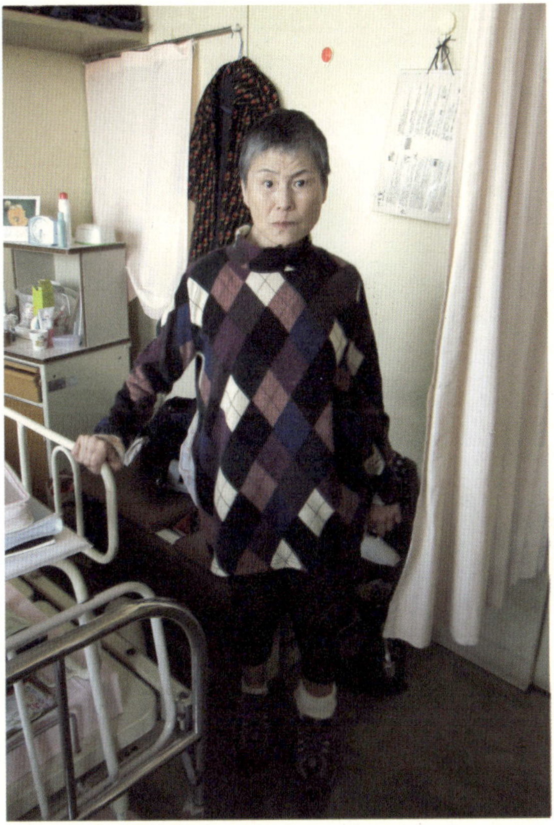

本家 山賊鍋

山賊鍋

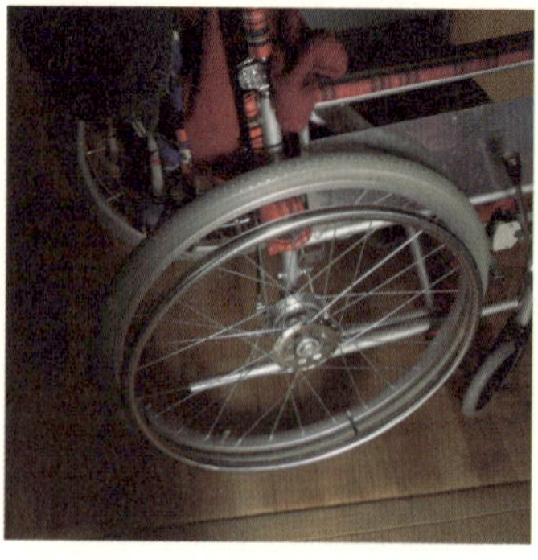

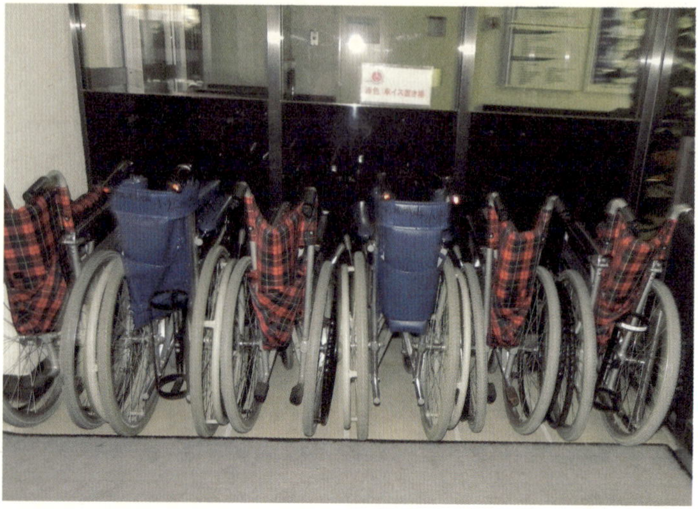

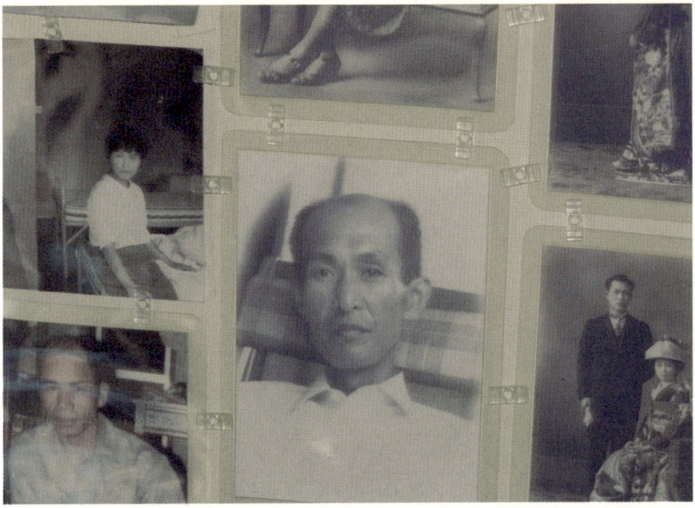

世界の名作文学 40
世界の名作文学 33
小泉八雲集

強さの遺伝子

私の強さの核は、私が潜在的に持っていた能力を引き出した母の大きな愛の力。昭和 20 年終戦の混乱期、私は、5月に現在の韓国ソウルで誕生。9月に引き揚げ。その船の中で多くの赤子が死亡。海に投げ込まれたとの事。想像の域を超えるが、その過酷な状況の中私は、母の背中で眠り続けていたらしい。脳の損傷は、いつだったのか不明。難産でも無く、高熱、黄疸も思い当らないらしい。出産後朝鮮の病院でとり落とされたかもしれない。

今私は、自分の運の強さを感じている。栄養状態の悪い中多分母乳は、少量。私の吸引力も微。泣かずに眠り続けて生命を維持。海に水葬されずに生き抜く。古稀の声が聞こえる歳まで人生を歩んで、まだまだ元気。私の発達障害を、医者は、栄養失調と診断。世の中も家も落着いた3歳の頃、母は、あちこちの大学病院に行ったらしい。やっと東大病院で「脳性麻痺」との診断。その説明に母は、納得。

当時脳性小児麻痺は、まだ一般的に知られて無い。障害のある子供は、家の恥。家の中に隠。教育どころか治療される事もなく、ひっそりとその生涯を閉じたらしい。この事は、祖母から御近所の実例を聞く。賢い両親、強い母の元で私の障害との闘いが始。毎日マッサージ師の元に通。健康保険は、無。父が始めた土建会社。戦後の復興建築ラッシュに乗り、破竹の勢い。しかし、部下の裏切りで倒産。やがて貧乏となり、家を失。私が小学3年生の時。大家さんの家の裏に借家。住所は、東京都杉並区。学校は、京王線の踏み切りと甲州街道を越。遠い。寄留して大家さんの娘さんの通う世田谷区の小学校へ。

この小学校の友人達が平成１５年の頚椎手術後の辛い日々に励ましの色紙を送ってくれる。「50 年目の寄せ書き」。私の宝物。運の良い私は、高額のマッサージ師の元に小学校入学まで通。最初は無反応だった私が、めきめき良くなり、首が座り。４歳で歩けるようになる。首を曲げられ、頭を叩かれ、痛かった。そして柱時計まで歩いた記憶が有。母は、東大整形医の指示通り、根気良く、私を歩かせる。「転ぶ事を恐れるな。兎も角歩かせろ」七転び八起きの精神を私に植えつける。

もう一つ私の知的能力に対するプライドも。言語障害。首を動。口をアッパと開け舌を出す。その舌が動いている。不随意動作。知的障害同様の外観。私は、19 歳で障害者の職業訓練所に入所するまでこの不随の特徴に全く気付かず育つ。親馬鹿の母は、私が頭脳明晰と信じ込み。常に褒めてくれていた。そのプライドが私を支え続けた。こちらに来てからは、現実には、馬鹿にされ、差別も受ける。幼い頃の母の愛が私に強く優しい大きな心を育み、決して壊れる事が無い物にした。しかし厳しい試練が…？？

この記憶は、頚椎手術後のリハビリで私に鮮明に蘇。両手を持って歩かせてくれた母。カタカタを押して頑張る私。人の何十倍も頑張れば歩けるようになった過去の記憶が私に自信と明るさをもたらしている。母が両手を持って支えている。前進有るのみ。現在もそうだが目標は、小さく。１メーター歩こう。

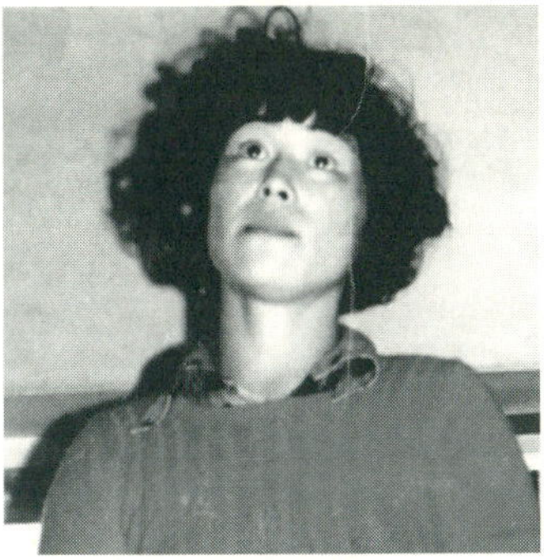

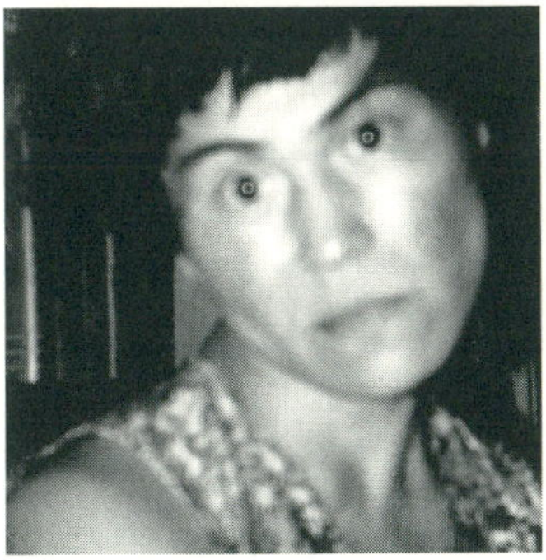

「出来た！バンザーイ！」次の１メーター。「歩けた！わぁい！バンザーイ！」そして最終目的地まで到達。大満足。「柱時計の記憶」…？？

頚椎手術後整形医は、転んでは、いけないと言う。私は、転ばないで歩くのは不可。じっとしていれば、頚椎は、ずれない。しかし骨量は、減り、筋肉は、弱る。いずれ寝たきりの運命。転ぶ事を恐れずに歩く事にする。あれから１０年目、頚椎は、ずれてない。筋肉の付いたお蔭…？？

ただ左足の緊張が高まっている。筋肉が強くなると不随意の緊張も強。平成２１年の１月左足頚骨筋切腱手術を受ける。成功。しかし今又さらに強い緊張が…？？足首が内反。足の裏が横に。装具の金具との闘い。章魚《たこ》が出来。潰れてジュクジュク。固い装具の金具が当る。その痛い事。いたい事。

「本当に痛い！」そんな足で休み休み歩く。普通の人が 20 分の距離。2 時間半。それでも歩けるのは、幸せ。加齢と共にいずれ歩けなくなる運命。坐して待つのは、嫌。又手術に挑戦しようと思う。

２３年1月２７日にアキレス腱延長手術と頚骨筋の手術を受けようと考。息子に相談メール。動かないと太り、成人病の危険有。だから手術すると。彼は、手術の具体的リスクが書いてないと怒って返信。多分現在の私の大変さや迫り来る現実を、考えないで手術の危険のみ不安。入院後の嫁の負担も心配…？？

後日談。この手術を 23 年 1 月 27 日受ける。息子は、反対と言いながらも同意書に署名。手術成功。装具とバイバイ。但し22年11月に引いた風邪の咳が治らず。4月2日まで入院。優しい嫁に世話になる。私は、何とか１人で頑張りたい。そう整形医に訴えての話。

私のこの文章を読んだ友人からのメールにジル・ボルト・テーラーの「奇跡の脳」を連想すると有。『奇跡の脳』をネットで検索。左脳と左脳の事を興味深く読。右脳人間の私と正に左脳人間の主人。その最後の３年間の平行線を納得。多分６時間の手術とその麻酔の眠りが(過酷な運命が壊した私の心に)新なる強靭な人格へ…？？

強さの核、先祖の遺伝子の記憶

私のこの３年間（平成２１年～）起こった不思議なドラマの中に父､母､祖母達の意思を感じ､行動。心に思った事は､実行。そうすれば､道は,拓ける。頑張っていると必ず「お助けマン」登場。これは、心弱く純粋すぎ不運な一生を終えた兄の霊が私を守ってくれていると感じている。悪い事が起こる前に、必ず前兆。それを見逃さずに行動すれば回避。私は､宗教は嫌いだったが、３年前から「神の存在」を感じている。日本の八百万の神もキリスト教も仏教もイスラム教もその解釈の仕方が違うけれども真理は同一だと思う。宗教家から怒られるかな…？？あらゆる物を受け入れ融合。「右脳の発想かしら…？？」とメンタルの方で納得。壁に貼った父母、兄、祖母達の写真に手を合わせて守ってくれる事を頼み、無事を感謝。

父は、長く結核を患い、私の高１の３学期末テスト中に亡。母は、その２６年後肺癌で没、しかし、大人になってからの母との会話を思い出す。「もしかしたら先祖に西洋人がいるかもね？」と言うような。

母達兄弟姉妹は、足が長く、顔は、彫りが深い。髪は縮れている。特に叔父は、鉤鼻。この特徴は、母の父。祖父は、島根の貧乏寺の７男か８男。すぐ上の兄と交代で働き、交互に大学を出たそうで、財閥の幹部となった成功者。（安土桃山時代いいえ室町時代…？？西洋の冒険家達がキリスト教と共に長崎へ。鎖国前のキリシタン弾圧。それを逃れて、外国人の血の入った先祖は、関門を渡り、島根の山中へ。お寺という仏教を隠れ蓑に。そのまま私の性格から類推すると隠れキリシタンとして頑固に教えを守らずに仏教と融合した。）

母も私も冒険好き。母は、お見合いで会っただけの父と19歳で満州へ。私もリハビリセンターで出逢った主人に結婚を申し込まれ、母と兄に送られ、福岡の農家へ。その時の母子の会話「私の人生、壁だらけ、失敗したら、帰って来る。」「いいわよ、いつでも帰ってらっしゃい。」

高卒後人生の壁「障害者へのとうせんぼ」を実感。父の死で大学進学を諦め。身障者の職業訓練所へ。入所許可されたのは、大嫌いな洋裁科。言語障害故に事務科は、×。初めての障害者の世界。そこでリハビリ施設の事を知。私は、流れ作業の女工さんは、「嫌」と母に。20歳の時横浜の障害者のリハビリセンターに入所。

嗚呼！帰るには、遠すぎる！

嫁いだ所は、国道まで４０分延々と続く田園地帯。家事が何も出来ない２１歳の私。７１歳の舅は、一家の財布を管理。４０代の兄夫婦と子供２人。２５歳の弟。主人は、３１歳。大家族。野天風呂(石の風呂桶。洗い場も大石。男達は、夕方。女達は、夜入浴。)炊飯器は、有ったが御飯は、籾殻《もみがら》で焚く竈《かまど》。水道は、有るが茶碗洗いのみ。釣瓶無しのバケツを投げ込み井戸。（鉄分を含んだ赤水。錆びるので釣瓶不可。）汲んだ水を大石、小石の入った濾過器に。冷たく澄んだ美味しい水に。これで飲み水、炊飯、風呂、洗濯を。洗濯機は有。但し兄嫁は盥《かなだらい》。今の様に図々しくない私。盥で洗濯。強く絞れない洗濯物。干し場は、竿。落として泥だらけ。何回も何回も洗。

藁葺き屋根の家。台所は、土間。兼業農家で義兄は、早朝出勤。鉄道。多分線路工夫。主人の命で私も４時起き。土間で忙しく朝餉《あさげ》の支度する兄嫁の横をウロウロ。やっとの思いで「御義姉さん、何かすることは、有りませんか？」と尋。兄嫁の答えは、「よか」の一言。

どうして良いか判らず身も心もウロウロ。確かに出来る事皆無。農家の家事能力は、小学生の姪以下。この同居は、本当に辛かった！男尊女卑の封建的な世界。全てが時代錯誤。考え方価値観が違う。都会の娘は、辛抱出来る筈無し。私が健常者だったら、一ヶ月で逃げたかもしれない。誰もいない時「おかあさん！おかあさーん！」って大泣き。真っ暗の夜、都会のネオンが恋しかった。遠い昔の思い出。「４２年間」私は、自分を抑制。

「例え黒い物でも俺が白と言ったら、白と言え」と言う考えの主人の従属物に。小倉に来てからは、若い私は、元気で心にゆとり有り。適当に立て、上手にコントロールしたつもり。私の祖母は、島根県から会った事のない東京の祖父の元へ嫁ぐ。親子３代、１９歳や２０歳で遠くへ嫁入り。女って凄い。できるだけ良い子をという動物の種の保存の組み込まれた本能が命じる勇気かしら？？遺伝で近い血が交わり続けると天才や白痴…？？と、高校時代生物で学習したが…？？

第5章

旅とインターナショナルランゲージ

旅行プラン模索中、その１

私の旅行計画は、平成２２年５月に、大町の住職様とメールで日程を決める事でスタート。その日を従姉妹達に連絡。都合悪い、返事無し。息子にアタック、×。福岡―松本便は火木土しか無い。一人で５日間大町？そこへクラス会のメール。東京へ行こうと決意。住職様は、日程変更 OK。法事出席すると言う従妹に合わせて、７月１８日に、決定。もう一人の従姉も参列諾。

往復北九州―羽田便を利用。大町には JR.（従姉が参列は、心強い。父方の従姉と母方の従妹が共に松本に別荘を所持。兄の荼毘の時、初めて知り合ったこの二人が協力して、父母兄を一緒にと言う私の願を叶えてた。但し、この７月初め、従姉は、外国旅行。学校の先生の従妹は、期末テストで多忙。おまけに病気の姑を引き取っている。彼女の妹が法事に出てくれる。（５０歳そこそこの若い従妹と一緒なら JR も安心）ということで、大町からどうするか、まだ白紙。しかし従姉妹達が一緒。住職様もいらっしゃるから大丈夫。東京に７月１１日行く事にして、羽田からクラス会場までエスコートを友人にメールで頼む。ついでに近くに余りお高くない良いホテルがないか、聞いてみる。羽田には、迎え OK。ホテルは、無。１１日以降彼女は、友達とスイス在住のクラスメイトを訪ねるとの事。誰か泊めてくれないかなという淡い期待没。それにしても外国行きが重なる。円高？新型インフルエンザ騒動が落ち着いたから？運賃値下げ？

5月25日金曜日

八幡西区の歯科に行く。バスでは、初めて。車椅子を載せてくれるか不安。南区役所2時のバスに乗り、砂津のバスセンターへ。バスセンター事務所に乗ったバスの運転手さんが連れて行ってくれる。そこで1時間余待ち、「筑鉄《ちくてつ》香月《かつき》行き」の高速バスにセンターの方に乗せて貰う。5時18分頃、目的地に到着。約束の6時には早すぎる。写真を撮りなからブラブラ。お天気が良かったのでとても気持が良く、冒険心大満足。先生は、一人でバスに乗って来た私を喜んで迎える。歯を機械で綺麗にして、歯の割れ目もきちんと処置。帰りは、先生が送ってくれる。先生お世話になります。これは、旅行へのワンステップ。成功バンザイ！

7月5日金曜日

そろそろ飛行機の予約を。息子や嫁にメールしても忙しくて、返信は無か遅。北九州空港に行って見よう。ダイエー2Fの旅行社では、「誰か分る人と6月に入ったら来るように」言われた。その事を嫁に話すと彼女は協力を約。西鉄バス営業所の方は、私に正当に対応。教養のある接客の方ならゆっくり聞いてくれるはず。10時半頃　家を出る。「山賊鍋」の坂道で犬を連れた男性が、声を掛けて来る。「大丈夫か」と。車椅子の肘掛けを持つ彼の手を「マイペースが楽」と断。彼は手を離すが、坂下まで一緒に歩。歩きながら、彼は、「 足の悪いのは、筋が縮むせいです。貴女もこうやって毎日擦った方が良いですよ」腿の外側を擦って見せる。当っているけれども、そんな簡単な事で治れば、苦労は無。私は、この人のよい男性に相槌を打つ。礼を言って別。障害暦６０年をとっくに越の私への彼の講釈を笑止千万と思いながら歩。不注意の天罰が下る。「権ヶ迫橋」の横断歩道の半分過ぎた所で暑くて外し車椅子に乗せていた首巻きが下に落ちる。あわてて拾おうとするが、端が前輪に。引っ張っても取れない。信号が変。渡るよりも安全地帯が近い。数歩戻る。信号は、青に。それ行け。×　車椅子が動かない。（早くしないと、信号が、か・わ・る）前輪を上げたまま横断歩道を渡る。その状態で歩き続ける。犬の散歩の女性と擂《す》れ違う。「助けて下さい」と、声を掛ける。優しそうな彼女は、前輪に絡んだ布を難なく外してくれる。嬉しくて涙ぐみながら、御礼を言う。再び病院へ向かう、その後も失敗ばかり。そのつどお助けマンが現れる。今日は、運の良い日。空港に行こう。

昼食後、１２番で砂津営業所に行き、空港直通の高速バスに乗せて貰う。空港には、営業所から電話連絡。西鉄バスの職員が待機。帰りも確実にエスコートを頼める直行バス。バスの中からも運転手さんが近づくと到着地に再連絡。旅行当日の事、砂津営業所で相談。徳力方面から空港行きに乗るにはもう１回余計にバスに乗る。あるいは、北方駅まで歩かなくてはならない。当日も砂津から直行が楽。往復大廻りで、帰宅は夜８時半。梅雨模様で景色は、靄っていましたが、大満足のバスドライブ。空港もウイークデイの午後空いていた。スターフライヤーを予約。応対も親切。日航と同様サポートOK。７月１１日北九州１２時５０分出発便。家を１０時前に出れば良さそう。

目的に向かって一歩前進。後は、１１・１２・１３・１４・１５・１６・１７日の宿泊場所。平成１９年は兄の病院のケースワーカーが「東横イン」を世話してくれた。その後、従姉妹達や叔母の家等に泊めて貰う。今年は、叔母は、体調が悪そうで×。ホテルの方が気を使わないで動けそう。新宿の東横イン？小学校の友人のメールに福祉宿泊所が在るのでは…？と。

旅行プラン模索中その２

晩方、プリンターのインクと風呂場の電球　（これは、１週間前から）　が切れる。嫁にメール。息子の体調等タイミングが良かったらしく、すぐ来て取替えてくれる。年中出張の旅行ベテランの息子が一人で来た。チャンス。ホテルの事を聞く。慌しく帰りかけながらも、パソコンの宿ホテル予約サイトを出し、お気に入りに入れてくれる。

彼、曰く。「時間が有るだろう。じっと見て良い所探すんだ。サイトによって値段が違う。高い、安いのは、大差ない。当日でもキャンセル料を取らないところもある」このヒントを元に探そうと思う。

旅の思い出（1）インターナショナルランゲージ

前日嫁から息子が空港まで送ってくれるとのメール。お蔭で1時間半余裕。昼頃息子の車で北九州空港へ。雨は、止んでいたが全てが灰色。靄《もや》って海と空の境がわからない。

空港でも車椅子は歩行器。かなりの歩行練習に。羽田で、小学校の友人２人に迎えられ、タクシーにて下高井戸へ。途中高速道路を通るが、おのぼりさんの私には、何処をどう通ったかさっぱりわからない。下高井戸に着いてから、目的地にタクシーで入れる道が見つからず。甲州街道をウロウロ。お蔭で昔住んでいた辺りの踏み切りを渡。住宅や店舗が密集。車一台がやっと。細い路地は、５０年前と変化無し。車時代の今の方が不便。クラス会場の「天喜代《てんきよ》」。オーナーの高野君、張り切って北海道まで買い付けに行ったとの事。かに、うに等、新鮮な海の幸のご馳走を堪能。東京まで出かけ、関門が本場のふぐ料理を頂くとは…？？？普段私にとって無縁の贅沢な世界。参加なさっていらっしゃる方達は、一応人生の成功者。

男性は、メタボ気味の方が多い。定年の時期だが、それぞれ現役で頑張っている感じ。

女性は、皆、若々しくスリム。ボランティアで介護やバレー等のスポーツ、ダンス等で趣味と実益を兼ねて生き生きしている。参加者の女性７人の内５人がスイス旅行のメンバー。２日後に控えた旅行の打ち合わせで盛り上がっている。勿論　彼女達は、ペチャクチャしながら、私が食べ易い様にヘルプのサービス怠り無。さてこそ　私は、黙って料理を突いている筈が…？？？私の傍にＳ君が座る。彼は、自宅から２時間かけて歩いて下高井戸まで来て、風呂屋でさっぱりして来たと言う。酔っている彼と何とも珍妙なる 「インターナショナルランゲージ」のこんにゃく問答を交わす。彼は、哲学者なのか？それとも自然児なのか？随分異色な人物。歩く事の素晴らしさ、自然の美と感動について話す。

酔っている彼と言語障害の私。殆ど通じてない会話の中で彼の口から飛び出す英単語の数々。ふた言目には、インターナショナルランゲージを繰り返す。私は大笑い。感受性の強い方で、平成１９年「籠の鳥」の私が、主人を置いての兄の見舞い。５０年振りのクラス会。出席できたのが嬉しくて。終始笑っていた筈なのに、彼から「貴女は、恐ろしい人だ。鬼気が漂っている」と言われてしまった。多分地獄のような日常の中で、「私は負けない。負けるものですか」と闘い暮しているのを感じ取られたと思う。勿論、幸せ一杯の今年は「恐ろしい、のおの字」も聞きませんでした。

やがてクラス会は、お開き。３人の友人と共に５２年ぶりに京王線下高井戸駅へ。懐かしさと電車に乗る喜びで興奮。暑さも有り、大量に発汗。彼女達に幡ヶ谷のホテルまで送って貰い大助かり。

何しろ興奮して頭の中は、真っ白。きびきびと動く友、冷静に判断するもう一人。黙って私の傍についてくれる３人目。夜の街をエスコートされ、ビルの裏に小さなホテル発見。入り口に５・６段、階段有り。予め送っていた荷物受け取る。カードキーが壊れているとの事で普通の鍵が渡される。
　空け難いとの事。友人達の前でトライ。何とか開く。さらに大汗。車椅子が有るので、お部屋の出入りの際は、ホテルの人を呼ぶ様にと忠告を残して、彼女達は帰る。感謝。まるで都会の穴倉と言うようなお部屋。よくもまあ狭いスペースにベッドなど必要品を嵌め込んだものだと感心。従妹に℡。携帯は、電波が繋がらない。フロントに電話。電話はホテルの外の公衆を。私には、無理。フロントに息子と従妹に無事着いたと 報告電話を依頼。ＯＫ。従妹から翌朝電話の伝言を受け取る。息子の方は、嫁が携帯メールでの返信。小学校の友人にお礼メールが不可なのに、九州からのメールが届く。不思議？？？
　余談だが、翌朝、川崎の友人から携帯に電話有り。東京のそれも近場が届かないと言う事？？？
　翌日は、窓を開けて送信。成功。窓から見えるのは、隣接する隣のビルの壁の１部だけ。
　朝食に降りて、吃驚。何とまあ！外国人ばっかり。狭い部屋にセルフサービスのブレックファースト。短パンに白い脚むっくりの金髪女性がパンやコーヒーを手に右往左往。窓際に置かれた数台のパソコンに、やはりカジュアルな格好の白人男性達が、真剣な表情で何やら調べている様子。その狭い空間でぶつかりそうなのに、お互いがまるで見えないかの様に行動している。身体の不自由な私に注目する人は、いない。いいえたった一人、白人の老婦人と笑顔の挨拶を交わした様な記憶がある。仲間同士の聞こえてくる言葉は、果たして、英語？ フランス語？　ドイツ語？　…語？？？私が紅茶とパンを頂いていると、数人の男女が、隣のテーブルに。　日本人？？？やがて彼等はぺちゃくちゃ喋り出す。多分韓国語・・・？あれまぁ・・・？？？　これぞ正に「インターナショナルランゲージ」。

旅の思い出（２） 新国立美術館

朝食後幡ヶ谷の穴倉の様なホテルの一室にて従妹を待つ。ネットの広告。都心に近い閑静な住宅地に有るホテル。これが閑静？？？それなら我が家は、緑豊かな別荘地。エレベーターは車椅子を横に入れてギリギリ。小さなトイレとユニットバスの間は殆ど無。その入り口２０センチの段差（これは、他のビジネスホテルも同様）シャワー使用の際、ドア必閉の注意有り。この狭さでは、お部屋は水浸し？

昼頃、従妹現れる。彼女の家が新宿から近そうなので幡ヶ谷を選んだのだが。高円寺駅が最寄りとの事。乗り換え多く不便。日曜日のこの日従妹が、私をエスコートしてくれると言うので、前日のクラス会で、友人から貰った「ルネ・ラリックのジュエリーとガラス工芸」の切符２枚を使う事にする。

穴倉から抜け出すと歩道の無い道。まずは、お昼、私一人だったら、親切そうな人に、食事出来そうな車椅子ＯＫの店を聞くのだが…。従妹は自分の目で探しながら、車と人で混雑している道でのエスコート無理と判断。「六本木で食べましょう。六本木なら道が広くて食べる所あるわ」と言う。これが、希望的観測だったとは、その時の私には…？京王線にて新宿。ここで従妹は、私を地下鉄大江戸線へと。駅員さんが導くままに、大勢の人が流れているエスカレーターを尻目に人気のない長い通路を歩く。私は、大汗。前日も汗ビッショリ。但し御馳走満腹でエネルギー充分。お茶がなくなり、夜水分補給のため、洗面所の水（ホテルの人が飲んでも大丈夫と言う）を沢山飲む。それでも尿がでない。朝やっと正常に戻る。朝食は、ジャム付きの食パン２枚。オレンジジュースと紅茶だけ。ペットボトルのお茶を髄時飲みながらの行進。やっと端に有るエレベーター。これは、地下５階まで。エレベーターを乗り換え地下７階。またまたホームまで、人気の全くない地下通路を歩く。勿論明るく広く歩き易いが…？？それでも果てしない感じ。ずっと以前見たTVのサスペンスにこんな情景が有った様な気がする。

大江戸線は快適。さて六本木でも長い地下行進とエレベーターの乗り継ぎ後、やっと地上に。ペットのお茶は空っぽ。お腹ぺこぺこ。緑豊かな広々とした鋪道。道行く人は、ノンビリと散策を楽しんでいる。しかし食事出来そうな店は無い。従妹曰く。「ここから来たのは、初めて。向こう（多分日比谷線）側は、沢山食べる所が有るのよ」。ああ！何と言う事？綺麗なガラス張りの高いビルの１階を目を皿の様にして探す。午後の強い日差しの下、完全ガス欠寸前。パン屋さん発見。ファーストフード店かスナックと言うのかな？兎も角、中に入り、窓際の白いテーブルの前を陣取る。セルフサービスの店。なるべく野菜をとだけ注文。後は従妹にお任せ。綺麗なガラス張りの中から今度は、私がノンビリ道往く人を眺める。皆思い思いの格好。自転車、車椅子の人、一輪車に乗った子供。老若男女様々、外国人（白人、黒人等）も通るが、初老の地味な格好の日本人が多い。この中に果たして中国、韓国等のアジア人が…？ハテナ？従妹が野菜の載ったパン（洒落たネームがある筈だが…？）と大きなコップのアイスコーヒーをトレイに乗せて来る。マヨネーズやケチャップ付き脂っこい野菜パンと砂糖たっぷり甘ったるいパンを口の中に押し込み、アイスコーヒーで空きっ腹に流し込む。多過ぎるコーヒーを水分不足が心配で全部飲み干す。一応満腹。足が疲れていたので車椅子に乗る。新国立美術館へ入る道は、緑豊かだが狭い。紫陽花の大輪を見る。青い見事な花。小倉は、６月晴天続きで紫陽花は、×。思わぬ所で紫陽花を観賞。美術館は、高い木々が聳《そび》える広大な敷地の中、白く輝く城砦の様に見える。外壁一面ガラス張り。兎に角スケールが大きい。中は、高い天井もガラス張り。中壁に板張りが有ったが、全てが白く輝いている。あちこちにベンチと緑の木が置いて有る。勿論ガラス越しに外の緑も堪能出来る。本当に広々とした空間。多くの人々が訪れている。まだまだ余裕充分。「ルネ・ラリック」の展示室の前には、数人の行列。私は、興味津々でワクワクして、従妹の押す車椅子に乗ったまま、薄暗い展示室の中へ。暗い照明、細かいデザイン画と小さな、小さなアクセサリー、その一つ一つに繊細な模様がほどこされている。展示室は沢山の” コの字” 状のコーナーに分けられている。一つ一つの展示品に目を皿の様にして鑑賞する人々の足は、カメの如く鈍。

時々止まりながら、蛇行。美術が専門の従妹の感嘆する声を聞きながら、突然私は、さっき飲んだコーヒーが胸にあがり、吐き気に襲われる。頭痛もしてくる。車椅子酔い…？？そこで歩く事にする。

吐き気は、何とか抑えられたが、胃がコーヒーでいっぱい。

さっきまでの高揚感消失 。同じ様な展示物、全てが色褪せてつまらない。早くこの会場逃げ出したい。そんな思いに駆られる。しかし従妹が…？その従妹すら展示会場の広さ、展示物の多さには、驚いている。宝石の煌き効果をあげる為の暗い照明かも知れないが、神経が疲れたのは、私だけで無いと思う。やっと外のベンチに。夕日に煌く美術館の外壁の方が、私には、宝石よりずっと綺麗に思える。どうも宝石への審美眼は、ゼロらしい。宝石等まるっきりご縁無。私の指を飾ったのは、子供の頃の玩具の指輪か職業訓練所の洋裁科でつけた指貫だけ。

足元のせっせと働く蟻達を眺めながら、従妹と涼風の中お喋り。７mm 以上も有る大きな働き蟻に従妹は、驚いている。さすが、六本木ヒルズ森タウン。都会のオアシス！私の家の中まで入って来る蟻は、１・２㎜。最近は、蚊もゴキブリも超小型。東京に来て、自然に接するとは、思いもしなかった。

一寸辛い経験だが、入場券をくれた友人と連れて来てくれた従妹に感謝しなければならない。頭痛は、治まったが 胃の不快感は、続く。体力限界。旅は、始まったばかり、ここでバテル訳には…？？門の前でタクシー発見。ラッキー！幡ヶ谷駅前まで乗る、料金２３４０円。今度は、夕食の心配しながら、ホテル方向に歩く。従妹も胃が変との事。二人共苦手なコーヒーを飲んだ様だ。うどん屋でとろろ蕎麦を食べる。一応胃が受け付ける。但し朝から野菜をあまり摂って無い。便秘の恐れ十分。ホテルに戻り、従妹に１５日、１６日、１７日の新宿と１８日大町の宿泊所を依頼。１７日も大町宿泊と思っていたが、従妹の身体が空く夜に都合の良い列車がないそうだ。法事は、１８日午後３時なので当日の乗り換えなしの臨時列車が丁度良いらしい。お任せ。

この穴倉は、従妹の家から不便なので滞在価値無し。疲れているので、横にはなったもの胃が変。一杯の様な。空いている様な。そこで便秘予防に従妹に買って来て貰った。たった１本の大きなバナナ（本当は、２．３本欲しかった。１房買って、二人で分けようと言えば良かったのだが…？？）を１口食べて、お茶を飲む。胃薬（いつも食後服用。胃潰瘍予防と薬の説明書に有る）も４時間あけて夜間２回飲む。明け方までバナナ、お茶作戦を繰り返す。牛乳が無いのが残念。13 日早朝お通じ有り。安心。やっと熟睡。AM9 時過ぎ目覚め。荷造り開始。急げぇー！ ９時 50 分「助けてー」とフロントに電話。

チェックアウト 10 時に遅れそうなのは、事実。９分通り支度を終えてホテルの人に来て貰えば、忘れ物の確認して貰える。ズルイが助かる。フロントの前に、大きなリュックが２つ置。狭い！　それだけで車椅子が通れない。“ま・ち・ぼ・う・けー” 外国人が次々にチェックアウトして視界から消えていーく。

やっと私。１５日以降の予約をキャンセル。車椅子を外に出して貰。私自身も階段介助を受ける。「御世話になりました」家から送ったバッグ（計画では、このホテルに預けての梶ヶ谷行きだった）まで積んだ。車椅子は、“一段と、重たーい！”さて川崎市高津区までの単独移動には、どんなハプニングが…？？

—後記

六本木の美術館に行き、「ルネ・ラリック展」を見たと私が話した女性達は、皆異口同音に素晴らしい芸術品を見る事が出来た私の幸運を喜んでくれる。そんなに有名な人の作品展だったのかと吃驚する。全く無知の私は、ネットで検索。フランスのガラス工芸家、宝飾デザイナー。香水瓶からステンドグラス、噴水等、様々の分野で活躍と有る。私の印象に残っているのは、小さなアクセサリーにトンボ等の小さな虫が繊細に刻みこまれていた事と赤や青の花瓶が怪しく光って見えた事。薄暗い照明のせいで、映画で見た魔女の呪文のシーンの怪しい光を連想。いずれにしろ「豚に真珠」。「智恵子にルネ・ラリック」と言う事である。

川崎梶ヶ谷行　移動Ａ

AM1０時 20 分　炎天下穴倉出発。重たい車椅子を押し、路地を抜ける。早くも汗びっしょり。表側に郵便局。何人もの外国人とすれ違いながら、局のスロープを上る。混んでいる。ここも外国人の方が多い。携帯に川崎の友人から電話。何時頃梶ヶ谷に着く予定かと言うもの。始めての場所、始めての電車。どれ位かかるか見当がつかない。郵便局にいる事、朝食を摂ってからマイペースで休み休み行く。「２時か３時頃になる」と返事。まことにいい加減な返事。申し訳ない。しかし彼女の電話で元気百倍。普段１日頑張ったら一日半は、休んでいる私。連日の試練で身体は、疲労。気力で動いている。予備資金を下ろして郵便局出発。「局員さん、お世話になりました」歩道の無い車と人のごった返している道を歩きながら、誰か親切そうな人を探す。「大丈夫？」と優しい声。お助けマン登場。まず駅に行く道を尋ねてみる。彼女は、「バスに乗るまで時間が一寸有るからそこまで一緒に行きましょう」と共に歩き出す。私は、ホテルで朝食を摂り損ねた事を話す。車椅子で入れる食堂がないか聞いてみる。すると彼女は、目の前のお弁当屋さんで、牛丼屋さんの情報を聞いて私をエスコート。お店の人に私の事を頼んでくれる。「有難うございました」。

時間外だが、店には、数人のお客さんがいる。いかにも若者相手の店。働いている男女も元気良く、キビキビと動いている。勿論　皆優しく親切。野菜が食べたいと言うと　お味噌汁にサラダが付くと言う。それに鰻丼を注文。全部で６８０円の安価に驚く。ここでも隣の席の３人の客は、韓国語？何やら大声で話している。オレンジ色の帽子とオレンジと白のストライブのユニホームの愛くるしい娘さん（昔だったらウェートレスさんだが）にお金を払う。すると彼女は、店のドアを出て、駅の方向を指し示しながら、わざわざ道路を渡らせてくれる。可愛い彼女にお礼を言って、数歩歩くと幡ヶ谷駅。但しエレベーターは反対側。牛丼屋を見る。彼女は、店の中。安心して横断歩道を戻る。

駅員さんに梶ヶ谷に行きたいと言う。明大前で井の頭線（昔の帝都線）に乗り換え、渋谷から東急田園都市線に乗れば良いとの事。エスコートを頼む。長い駅での歩行訓練。汗だく。京王新線と京王線の乗り換え無しの電車に乗せて貰う。急行やら色々ある。始めての者は、乗り過ごしたりして迷う。前日の従妹も然り。その前日に比べて、電車は、混んでいるのに驚く。ラッシュを外れた昼間なのに、サラリーマン風の男性が多い。５０年前と違い仕事も働く時間も多様化しているのだろう。明大前は、本当に懐かしい駅名。私は、もの心付いた時、世田谷に住んでいた。吉祥寺に有る母の実家に行く時は、何時も玉川線で下高井戸に行き、京王線を一駅乗り、明大前で帝都線に乗り換える。幼い私の足には、沢山の階段は、大変。

確か帝都線のホームだったと思う。階段を降りた所に綺麗な池が有った様な気がする。冷たそうな水がチョロチョロしていた様な…？？

その長閑な思い出とは、裏腹に明大前駅そして井の頭線は一段と混んでいる。京王線も人は立っていたが、ゆとりが有ったような気がする。他の乗客に車椅子が邪魔になっては悪い。自分の安定の為にも 運転席との仕切り板になるべく近づけ、平行に持って行こうとする。荷物が重すぎる。横にいた中年男性が、助けてくれる。「有難う。本当に助かりました」。この男性には、結局渋谷駅で降りる時も助けて貰う。駅員さんは、反対のドアで待っていた様だ。終点なので、他の乗客が降りてからゆっくり介助と言う事なのであろう。人の流れのまま親切な彼に導かれ、ホームに降り立つとお礼を言う前にこの男性は、人ごみの中に消えてしまう。感謝。

渋谷も思い出深い。幼き頃東横デパートへよく連れてって貰った。確か玉川線で渋谷に行った様な気がする。下高井戸に越してからは、井の頭線だったが。渋谷から新宿へ、小田急線のロマンスカーに乗って、箱根に家族旅行にも数回連れて行ってもらった。現在なら家族旅行は、当たり前。昭和２０年代では、珍しい。そんな夢の様な幸せな幼児体験をさせて貰えた事は、両親に感謝しなくてはならない。

もう一つの思い出は、渋谷から地下鉄。渋谷駅の辺りだけ、地面が低く、地上だったが。地下鉄に乗り、三越デパートに行き、「三越子供劇場」での観劇。一般家庭にテレビのない時代の事。「ピノキオ」、「ピーターパン」、「１５少年漂流記」等の舞台が幼い私に楽しい夢を膨らませてくれた。背景の紺碧の海の青い色が、未だに脳裡に。テレビといえばカラーの試験放送を観たのも渋谷駅。昭和３０年頃。これは、赤が印象的 。ほやけた映像。そして記憶も…？？

旅の思い出（3）移動Ｂ

渋谷駅のホームから駅員さんにエスコートされ、改札口へ。東急田園都市線で梶ヶ谷に行きたいと言う。若い駅員さんの案内で又エレベーターを乗降。彼は、勿論私の足に合わせてくれているが、この行進は、マイペースとは、程遠い。私の疲労度は、増。驚いた事に彼は、駅の構内から出て、若者でごった返している街へと私を導く。時間は、12 時頃、真昼の太陽がジリジリ照り付けている。私は、自分がナウい格好のギャル達の中を歩くなんて、夢の夢にも思った事はなかった。車椅子とエスコートのお蔭で恐くない。もし車椅子に座っていたら、また車椅子酔いできっと気分が悪くなっていただろう。車椅子の座席の幅が、私の通り道を確保。盾になる。大汗でやっと渡った横断歩道。間違えたと引き返す。嗚呼ァー！彼自体、始めてで不案内らしい。新人の駅員さんと、「済みません」を連発し合う。目的地到達と思いきや、階段。またもエレベーターの乗り換え２回。やっと、本当にやっと田園都市線渋谷駅に到着。遠かったー！実際は、どれ位かわからない。最初から覚悟してないので、遠く感じたと思う。真昼の田園都市線は、空いている。この日始めて座席に座る。降車の時のホームが左右 どちら側かが一寸心配。いつも慌しく乗車の際、聞き損ねる。聞いても大抵回答無し。

長閑な窓外の風景にゆっくりする。子供の頃聞き慣れた世田谷の駅名が次々と耳に飛び込んでくる。三軒茶屋、駒沢大学そして用賀、幼き日の思い出が蘇る。世田谷区世田谷１丁目に住んでいた私は、近所の２、３人のお姉ちゃんとバスに乗って松蔭神社に遊びに行ったことがある。無賃乗車。もしかしたら小学１年生だったかもしれない。身体の小さかった私は、幼児で通用した。多分親に内緒。冒険心でワクワク。小学１年生の遠足で馬事公苑まで歩いた。

馬と広い馬場、草原の記憶。駒沢大学にも小学２年生の頃、学芸会で大学の講堂の舞台にクラス全員で上がった。この時も歩いて行った。小学校の先まで行くと、南田んぼという所が在り。草原に座って、クローバーの花の冠を母に編んで貰った。蓮華草《れんげそう》も沢山生えていた。

もう１つの思い出は、「ぼろ市」。珍しい出店が沢山。子供の私は、興味津々。両親だけでなく、家の訪問者におねだりして、兄と一緒に連れて行ってもらった。祖母と入ったサーカスか見世物小屋、入場料を払って、中に入るとインチキ。慌てた祖母にせかされ急いで外に出た事。兄の家庭教師のお兄さんに手塚治の漫画「リボンの騎士」を買って貰った事を覚えている。多分両親は、何も買ってくれなかったのだろう。そう言えば、紙芝居屋さんが売っている水飴を買う事を禁じられていた。手を洗わないから汚いと。ただ見の私達兄妹のために、母は、時々小父さんにお金を払っていた。ネットで検索して見ると「ぼろ市」は、１５７８年小田原城主北条氏政が世田谷新宿に宛てて発した「楽市掟書」が始まり。１ヶ月に６日の６斎市が江戸時代に年１回，１２月１５日の歳の市となり、正月の為だけでなく、１年を通しての必需品を揃える市。明治６年太陽暦となり、旧暦の１月１５日も開かれるようになった。市の名称は、正式には、市町。明治中期頃から草鞋の補強や野良着を繕うボロや古着が市商品の大半となった為に「ボロ市」が一般的。ボロ市が４００年以上も続いており、売られている品物こそ違い、現在も伝統行事として同じ場所で開かれていとの事。一寸オドロキ。

遠い昔の夢の様な思い出に浸っている内に、梶ヶ谷到着。えーと降り口は？反対？車椅子が逆向き。慌てた私は、愚かにもまだ動いている電車の中で立ち上がり、車椅子の向きを変えようとする。

重い車椅子に電車停止の「慣性の力」が働く。足が伴わず。見事に転倒。電車のドアが開き。待機していた駅員さんが吃驚して乗車。彼に助けられて無事梶ヶ谷駅のホームに立つ。無事とは言え、転倒は、かなりのショック。車椅子の荷物が“お・も・す・ぎ・るー！”

エレベーターの乗降２回。改札口。“有ったぁー！” コインロッカーが。駅員さんに、洗濯物等入れたバッグを１つロッカーに入れて貰う。全道中大汗。疲労困憊。ともかく休みたい。駅前は広々として、歩道も車道も道幅が有り。人も車も適当。あの渋谷の雑踏を経験した私は、始めての土地なのにほっとする。何とも言えない懐かしいようなゆったりした気分。駅の売店で聞いた喫茶店ドトールは、横断歩道を渡ったすぐそこ。ゴールに向かってもうひと踏ん張り。レッツ、ゴー！

旅の思い出（３）移動Ｃ　梶ヶ谷

ドトールの中に入り、隅に車椅子を置かせて貰う。コーヒーは懲り懲り。ココアを注文していると、２階から若い女性が慌てて降りてくる。子供がジュースをひっくり返したらしい。私は、後で良いからと言う。店員さんは、２階へ。すぐに降りて来て、モップを持って、再び２Ｆへ。その間携帯で友人に℡。聞こえない。外では、℡は苦手。掃除を終えて、戻って来た店員さんがココアを運んで来る。彼女に頼むと快く友人に連絡。

感謝。友人が来るまでゆっくり休める。２階から幼児２人を連れたさっきの女性が降りて来て店の外へ。なかなか洒落た感じのコーヒー店。お客さんが多。シックに着飾った女性達が次々と階段を上って行く。一人の中年女性が、勢いよく２階から降りて来て、店員さんに喚きたてる。

どうもさっきの子供の汚した箇所が残っていたらしい。店の人達は、「すみません」を繰り返している。その怒声は、かなり長く続く。折角のお洒落が台無し。この様子を見たら、百年の恋も冷めるだろう。聞き苦しい。隣のテーブルの女性と苦笑いをかわす。文句小母さんが出て行くと、店の人達は、口惜しそうに話し合っている。５０歳過ぎたら自分の顔、美しく素敵でいたかったら、心優しく寛容な心を持つ事だと思う。しばらくして　私は、幸せな事に、正にそんな優しい素敵な笑顔の友人とこの店で４５年ぶりの再会を果たす。彼女は、キビキビとホテルのチェックインまで時間が有るから自宅に来るようにと、そしてお洗濯までしてくれると言う。何と有難いお申し出。洗濯物は駅のコインロッカーの中。優しい笑顔を残して彼女は駅へ。本当に申し訳ない。タクシーにて坂の中途の友人宅へ。ここごそ閑静な住宅街。遠慮なくお邪魔。久しぶりに床に座って足を伸ばすと書きたいところだが、膝を伸ばして座るのは、不可。靴や舗装具から開放され、一休み。感謝。

手作りのパン等、ご馳走になる。楽しく歓談。疲れ忘れる。その間彼女は、洗濯も。ホテル梶ヶ谷プラザは、彼女の家から坂を上り詰め、下ったところに在ったと思う。坂道は、かなり急。とても大きなホテル。幡ヶ谷の穴倉と比べると大邸宅。部屋もゆったり。１、５倍以上は、有る。一目で気に入る。送って来てくれた友人が、夕食を作って持ってきてくれると言う。ホテルには、中華のレストランが入っている。中華では、胃に…？？？私の前日の車椅子酔い？ or 熱中症？の話を聞いたからだと思う。悪いと思いながら甘える事にする。彼女は、７時頃来ると言って戻って行く。私の為に何人かの同級生に連絡。彼らから電話がかかるとの事。私は、幸せに酔い知れながら、この旅で始めてぐっすり眠る。

私のために心の籠った家庭料理をこの晩から１週間以上友人は、作って運んで来る。なおかつホテルの朝食は、バイキングなので、私の介助のために朝も日参。私は、この友人に救われたと思う。多量の発汗。無理して体調を崩しかけていたところを消化の良い煮物やお粥、果物とお茶等のご馳走。朝、もし彼女が８時に迎えに来なかったら、疲れて朝食を抜いていただろう。友人の声とその姿で元気１００倍。感謝の念を籠めて、この文を綴る。

旅の思い出（４）三回忌　大町行

さて川崎高津区の梶ヶ谷プラザホテルを気に入った私は、ゆっくり５日間腰を落着ける。その間懐かしき友人達と再会。夢の様な至福の時を味わう。連絡してくれた友。遠いのに集まってくれた友人達。仕事の都合を付けて駆けつけてくれた友、友、友。私は、なんて幸せ者なのだろう！感謝。

18日の朝は、一人で中華店へ。すっかり馴染みになった中国の娘さんのお世話で朝食。この日は、大町で泊まり、19日と20日再びこのホテルに滞在して休養後小倉に帰る予定。1応チェックアウト。要らない荷物を預ける。8時半友人と共に出発。彼女は、渋谷まで送ってくれる。一人も楽しいがやはり助かる。彼女の好意に甘える。田園都市線は、友人のお蔭で恙無《つつがな》く乗車。問題は、渋谷の乗り換え。前回と違い街の雑踏の中こそ通らなかったが、エレベーターを何回か乗り換え、小田急線の長い通路を通り抜ける、やはり遠い。大量の汗。窓外には、数台のクレーン車。大々的に工事の模様。多分もっと便利になる筈。エレベーター利用客にもその恩恵を与えたいものだ。兎に角山手線の渋谷駅まで遠い。駅員さんの案内で友人も始めて通るこの行程に驚いている。友人は、山手線のホームのエレベーター前に待機していた従妹とバトンタッチ。朝から私のために色々有難うございます。従妹は、可愛らしい喪服を着用。荷物も少ない。明るい彼女と楽しく歓談しながら新宿へ。

１０時頃中央線スーパーあずさ白馬行の自由席に座。この列車は、白馬直通で、松本で乗り換え無しとの事。大町へはこれで3回目〔正確には、４度目〕の訪問。１度目は、昭和３７年父の埋葬に行った時、その行程は、覚えていない。もう8年遡ってみよう。私が小学3年生の頃、松本に在る祖父の家に家族4人で行った。病気の祖父の見舞い。新宿からの電気機関車が途中から蒸気機関車にバトンタッチ。今なら“ＳＬかっこいい”と言う所だが、その煙で煤だらけ。顔も手も真っ黒。夏、冷房のない車内。汚かった記憶。黒いと言えば松本城。通称烏城と言うらしい。今はきっと中は綺麗に改築されていると思うが、５５年前私が登った天守閣への高い階段は、所々朽ちかけていた。恐いがスリル満点のその光景は、私の脳裏に焼き付いている。もう一つ覚えている事は、お堀。皇居のお堀には柵が有るのに、ここには何も無かった。危険でないか？子供心に不思議に感じた。遠い昔の思い出。この時大町に祖母と行った様な。記憶曖昧。幼い頃兄と城山で愉しく遊んだ断片的記憶有。霧の中。城山って何処？兄に葉書で聞いた事が有る。兄から松本だろうと言う返事。何故他に関連なく城山だけが心に残っているのだろう。いつか訪れて解明したいと思う。

２年前の夏今回同行している従妹の姉の車で３回も大町に行った。優しい彼女の素晴らしいイニシアティブ（親類―叔母や従姉弟達、母の従姉弟まで声をかけた）と行動力のお蔭で父の眠る大町の長性院に母と兄の永代供養が出来た。兄の遺骨を川崎市の幸区役所に預けた時、私はこの事を夢として彼女に話した。彼女は、「やろうよ、智恵子ちゃん！」と言い、不可能を可能にしてしまった。

お金が無い私が…？？まるで物語の様だ。人生諦める事勿れ。彼女とのドライブもまた夢の中の様だ。頭に雪を頂いたアルプスの山々の荘厳なパノラマを満喫。さて今回。２年前の様に張り詰める事無く、従妹（妹の方）とのんびり取り止めない話をしながら、列車の旅を楽しむ。雨が心配だったが、雲の切れ間から山の頂が覗いている。幸先良し。１時半頃大町到着。

新宿から連絡ＯＫ。駅員さんが２人待機。やがて渡し板が置かれる。何と車椅子の左右の車輪に１枚ずつ幅２０センチ位の板が２枚。ホームと列車に隙間有り、段差も２０センチ位。車椅子に掴まっての降車は不可能。車椅子を駅員さんに任せ、私は、列車の手摺に掴まって横向きに用心して降りる。

大町の改札口を出ると父方の従姉とパッタリ会う。同じ列車？ご主人の都合が悪くてお一人との事。彼女は、帰りの切符を買って来ると言って、別れる。今日中帰宅しなくてはならないらしい。遠いのに申し訳ない。大町駅前は広々としている。兎に角お昼。信号を渡ると商店街らしいが昭和の昔に戻ったような木造の古い町並み。探しても他になさそうなので、昔懐かしい感じの食堂に入る。どうやら登山者相手の店。山菜料理が美味しかったような気がする。記憶曖昧。従妹がタクシーを呼んで来る。と言って店を出る。その間、男性客有り。私は、気付かなかったが、兄の友人。従妹は、覚えていてくれたので助かる。兄の最後を病院の近くに住んでいる彼と仲間達が献身的に介護してくれたらしい。従姉妹達が見舞いの折、彼等を目撃。２年前、兄を荼毘に付した折、１回だけ会っただけ。しかし従姉妹から話を聞いていたので時たま便りを書いている。従妹が声をかけ、彼と合流。一緒にタクシーで長性院へ。お寺の前にて従姉と会う。彼女は、歩いて来たらしい。５人揃って住職夫妻の優しい笑顔に迎えられる。お寺様は、皆さん修行を積まれて、良いお顔をされている。

長性院の住職様は、何か超越され、お優しく、朴訥《ぼくとつ》、無欲と言う感じがする。子供の頃読んだ良寛様の本の挿絵に生き写し。儀式の前、住職様は、優しい目で私を見ながら、皆にパソコンのメル友になったと披露。どうしても今年の三回忌をやりたい一心で、その思いだけで手段が分からずに、住職様に４ヶ月メールを送り続け、何とかこの日に漕ぎ着ける。去年改築した本堂での儀式、母の二十三回忌（来年）。それに父の五十回忌と兄の三回忌を纏めて御願いする。住職様の荘厳で清らかな読経を聞きながら、２年前の兄の四十九日と兄と母の永代供養式に思いを馳せる。その時亡き人を思って悲しい涙にくれるべきところなのに私は、喜びの涙を流していた。葬式をしていない兄。葬式はしたが、その後の何も供養していない母。従姉妹弟達がそれなりにやってくれていたらしいが、兄も私も関与していない。二人共父の眠るこの寺に安住の地を得る事が出来たのだ。優しい住職様と親戚の善意の方々のお蔭。私は、心の中で「良かったね。お母さん、良かったね。お兄ちゃん」と叫び、感涙。

２年前と違い、穏やかな気持で式を終え、２年前と同様に父の眠る先祖代々の墓と永代供養墓の前に行き、それぞれに住職様は、お祈りして下さる。皆で線香と御花を。感謝。感謝の一時。確か２年前は、抜けるような青空の下、陽射しが強過ぎた。この日は、雨上がりで、暑くも無く清々しい。法事日和。寺の庭の紫陽花の青い色が印象的。住職夫妻に送られ、タクシーにて大町駅へ。さてホテル。従妹は、ネットで抽出したホテルにTEL。満室 or 車椅子×。駅で貰ったリストにもTEL。兄の友人も加勢。

何処も×。観光地松本ならホテルが多い。きっと有る。日帰りの従姉共に１行４人。上りホームへと言いたい所だが階段有。エレベーターは、無。駅員さんは、線路へと私を誘導。他の人は×と言う。従姉と兄の友人は、階段へ。線路を敷設して有るデコボコ（石ころゴーロゴロ）の所を私は、必死で車椅子を操りながら歩。冒険心大いに満足。子供の頃踏み切り横断中、レールに運動靴が嵌《はま》った時の恐怖がチラと脳裏をかすめる。今は、駅員さん２人と従妹が同伴。心配無。従妹もこの変った経験を楽しんでいる様子。ホームに上がり。従姉達と合流。乗車の際は、やはり２本の渡し板。車椅子は、駅員さんに任せる。私は、列車の手摺に掴まって乗ろうとする。すかさず兄の友人がヘルプ。大町―松本間は近いと思っていたのは、錯覚。各駅停車で１時間やっと松本。駅は、大きいが、人は少ない。観光協会が目に入る。兎に角疲れたのでコーヒーショップで一休み。列車の時刻が迫り、従姉と別れる。最終の切符を取っている兄の友人は、ホテルが見つかるまで心配と一緒に観光協会へ。あれれ？？既にシャッターが下りている。

まだ６時。東京はおろか小倉でも考えられない。７月の日の長い時期なのに。仕方なく JR でホテルのリストを貰い、従妹と兄の友人が手分けして℡。満室ばかり。空き室有りの数件も車椅子×。諦める。新宿ならきっと有るに違いない。最終列車に乗る事にする。

松本駅ビルは、本当にガラガラ。小倉だったら若者で溢れている時間帯。兎も角駅ビル。トイレは、ちゃんとしている筈。

兄の友人が探して来てくれる。先に見に行った従妹が入り口の段差と和式のトイレを指摘。そこで彼女お得意の台詞。「大丈夫？駅のホームなら洋式のおトイレが有るかもしれないわよ」が飛び出す。この希望的発言には、流石の私も賛同出来ずに、このトイレを使用。20時。もう松本駅は夜のしじまの中。閑散としている。松本駅も車椅子乗車は、二本の渡し板。

自由席に落着くと、姿が消えていた兄の友人が手に数個の缶ビールとおつまみ入りの袋を持って現れる。別車両の指定席を取っているらしいのに向かい側の空席にどっかと座る。彼は、50代位。明るく少々小太りの好人物。話好き。大町—松本間は、私達と反対側の席に、初対面の従姉と並んでずっと会話を楽しんでいた様子。そんな彼がビールを飲みながら、兄の思い出話等を語るのを従妹と一緒に楽しく相手する。2時間半はすぐに経つ。

新宿。改札を出ると、ｐｍ11時過ぎているのに人、人、人でごった返している。兎も角JRの案内所へ。従妹と兄の友人、携帯片手に貰ったホテルのリストを手分けして電話をかけまくる。しかし満室。車椅子×。JRの人の忠告で直接ホテルに聞いて見る事に。ああ！何と言う事。６４年間真夜中に外など歩いた事が無い私が新宿駅から巷へと踏み出す。私の足は疲労困憊。限界を超えている。横断歩道を渡ると、数台のタクシーが目に入る。「タクシーで探しましょう」と言う私。二人は、賛同。三連休の土曜日の深夜。しかし街は明るい。人で溢れている。大きな荷物を持って並んでいる人々。長距離のバス旅行？？？

いずれにしても同じ日に異様な経験。晩方の６時、７時でお客さんが疎らでシャッターが下りてしまう松本も吃驚だが、真夜中の雑踏の新宿は、更にオドロキ。さて車上の３人。皆楽天家。ある。ある。きっとある。繰り返している。都心を離れれば大丈夫と。特に兄の友人は、「最終的になければ川崎の自分の家に泊まれば良い。しかし見つかる筈」と真に頼もしい。運転手さんの案内するホテルでも次々と断わられる。高円寺駅近くでやっとOK。ここで川崎に帰る兄の友人と別れる。有難う御座いました。

真夜中のホテル探。彼の同行は、本当に心丈夫。大感謝。

従妹と１泊。従妹と大町の温泉宿での御泊まりを楽しみにしていたのに。東京のホテルしかも従妹の家の近所に宿泊するとは、真に．オドロキの極み。高円寺のビジネスホテル。幡ヶ谷の穴倉ホテルに比べれば、まあまあの居心地。従姉妹とは、不思議なもの。年が離れていて一緒に遊んだ経験は、皆無。彼女が、大人になってから私は、九州。殆ど会ってない。なのに、懐かしい。お互いの中に大好きな伯母（叔母）の姿、仕種、声音を感じとる。「今の言い方、伯母さんにそっくり」と、従妹。「えっ？ホント？」そう言われて嬉しさが込み上げる。子供の頃から、お母さんは、綺麗な人ですね。と言われてきた父親似の私。優しい母に似ていると言われて“にんまり”。　勿論従妹も母親を偲ばせられる。

二人で亡き母達姉妹の思い出を語り合いながら、長い、長い冒険の１日（一寸翌日にずれこんでいる）を終え、深い眠りに誘われて行く。

旅の思い出（５）再び川崎梶ヶ谷へ

朝、従妹が食物を買いに出掛ける。高円寺は、従妹のテリトリー。日曜日の朝思った店は、開いてなかったようだ。パンと牛乳。そしてバナナ。この時は、四本位有。従妹は、梶ヶ谷まで付き会ってくれると言う。彼女の家の近くにいるのに申し訳ないが、やはり嬉しい。このホテルはペットボトルの水のサービス有り。宿泊費も安価。日曜日の電車は、ガラガラ。再び新宿へ。もう渋谷は、懲り懲りと言う私に従妹は、小田急線で登戸に行き、南武線にと提案。

小田急線は、幼い頃ロマンスカーで箱根に行った思い出有り、南武線は、高校通学で利用。懐かしい。賛成。小田急線は、空いていて快適。代々木、下北沢桜ヶ丘、豪徳寺、経堂、成城学園等の駅名。何と無く記憶が有る。狛江は、兄の大学時代の友人が住んでいる。兄が心の病気の為、人生のレールから外れても変らぬ友情を最後まで示してくれた。篤実《とくじつ》の人。

外国暮らしが長かったとの事。上品なジェントルマンと言う感じ。大学時代よく兄を訪ねて来て、母の手料理を振舞われていた。兄を荼毘に付した時再会。それ以来兄の思い出を綴り、手紙を。私が携帯メールを覚えたら、携帯。パソコンが出来る様になると、パソコンにメールと添付写真。お蔭で私も写真添付が出来るようになる。彼は、大いに勉強になる有難い存在。登戸駅での乗り換え。小田急線のエレベーターは、ホームの中央に有る。快適。改札を出ると嬉しい驚き。真ん中の通路は広々、車椅子に乗った人達が、自由に行き来。公共の場で、団体では、無く。身体障害者が外出を楽しんでいる。ここで昼食。中国人の働いているレストラン。混んでいたが機能的に仕切られている。満腹。多分南武線へ向かう登戸駅のエレベーターだったと思うが、くの字に曲がった先が出口。従妹は、大江戸線の地下５階でエレベーター乗り換え、７階まで降りた時の事と比較。色んなエレベーターが有ると面白がる。いよいよ懐かしの南武線。

登戸、宿河原、久地、津田山、そして武蔵溝ノ口。記憶の底に馴染み深い。但し南武線の車体は、４５年前と違い美しくカッコいい。ステンレスのシルバーにカナリヤイエロー、オレンジ、茶色のラインが入っている。JRでは、誤乗防止の為、車体のラインと路線案内の色と統一。何と合理的。私の記憶の中の国鉄時代の南部線は、チョコレート色の車体。座席も固く、色褪せ。山手線等東京を走った車両のお古と言う感じ。高校生の頃私は、南武線に川崎から１駅乗り、尻手駅で支線の浜川線に乗り換えて、川崎新町へと通学に利用。丸３年では無い。１年の１学期は、バス通学。バスは、川崎駅南口から出ている。駅の裏西口に住んでいた私。近道は、駅の構内の通り抜け。定期券を１駅購入。川崎駅は、現在も人、人、人だが、４５年前も人の洪水。いつも端っこを通れない。いつの間にか私は、手摺に掴まらずにその雑踏の中、駅の階段を昇降。自信が出来たので電車通学にする。電車に乗る事は、バランス感覚を身に付ける。

大いなるリハビリ。

大層、身体が不自由になった今の私でさえ、この旅の電車のお蔭でとても歩き易くなった気がする。

高校時代の私は、分厚い教科書や辞書等一杯詰め込んだ重たいカバンを持ち、満員電車で通学。南武線尻手駅では、同じホームの反対側に停車している浜川線へダッシュ。浜川線は、数が無い。乗り遅れると遅刻。ある時、それを目撃した副校長で社会科の先生。運動能力有と判断。体育の時間、体育館の片隅の先生方の部屋で私にダンスを指導。確か２・３回で中断。それっきり。とてもざ・ん・ね・ん！

お忙しかったか、個人指導が物議を醸し出したか謎。いつも体育は、見学の私。ワルツのボックス１・２・３・４を教えて頂いた感激は、忘れられない思い出。一生の思い出。感謝。

南武線のもう一つの思い出は、川崎駅。南武線は、私の家側つまり一番西口に近い所に位置している。改札を抜けるとホーム。行きはそこから乗れた。帰りは階段を昇降。ところが丁度帰る時間の４時頃、貨物の機関車が停車。〆たとばかり、友達と３人で機関車の中を通り抜ける。僅かな距離だが、真にスリル満点。楽しい冒険。今の様にテロリストが交通網に爆弾を仕掛け、無辜《むこ》の民を巻き添いにすると言う事のない時代。駅員さんも暢気なもの。私の様な足の悪い高校生が、常時お転婆をやっていたのに気が付かないのか、見逃していたのか、１回も注意された事は無い。

過ぎてみれば暢気な良き時代だ。武蔵溝口もまた身体障害者に優しい駅。広くゆったりしたエレベーターは、ホームの中心に位置している。改札を出ると花壇が美しく整備。ここでも嬉しいサプライズ。何と田園都市線の溝口駅が隣接。駅名が違うので遠いと思い、ここからは、タクシーの計画。駅名が同じでも渋谷は、JR と私鉄の駅が離れているのに…。

目の前に有るのに乗らないのは、勿体無い。梶ヶ谷まで１駅乗車。再びドトールにてココアを飲み、タクシーでホテル梶ヶ谷へ。この日の移動は、快適。従妹のお蔭で色々な電車を満喫。感謝。

これで私の旅の電車体験終了。駅員の皆さんお世話になりました。その駅員さんも駅によって様々。確か新宿だったと思うが格好良い制服の綺麗な若い女性の駅員。車椅子の渡し板のスロープも東京では、ホームの身障者の乗車位置の近くに収納。他の所の様に改札近くからスロープを持ち運ばなくても良い。但しエレベーターは、ホームの端。通路を歩くのが大変。

エスコートしてくれる女性の駅員さんに再び出会ったのは、９月に福岡市の叔母の家に行った時。西鉄電車では、彼女達にお世話になった。彼女達の制服は、男性の物と変りなく地味。年頃も中高年。東京の華やかさは無い。エレベーターは、狭く隅っこ。私が経験した中で障害者の電車利用への配慮は、川崎市がピカー。だが肝心の JR 川崎駅。平成１９年夏には、京浜東北線のホームへのエレベーターが無。駅員さんが四人で階段を車椅子ごと抱えて降りると言われた。私は、恐いので車椅子だけ頼み、長い階段を手摺に掴まって降りた。その後どうなったか是非とも行ってみたいと思う。

旅の思い出（6）北九州へ

さて7月19日従妹に送られて、再びチェックインした川崎の梶ヶ谷ホテル。お部屋は前と反対側。窓から壁しか見えない。がっかり。友人に電話。手作りの夕食持参で来室。

私の冒険談に慎重な彼女は、従妹と私の行きあたりばったりの行動にあきれている。そして私をエスコートするのに従妹がハイヒールを履いていた事を指摘。暢気な私は、言われるまで気が付かない。さすが学校の先生を勤めていた人と感心。

20日の朝ホテルの人が元の部屋に代え、荷物も移動。有難う。窓からの広々とした視界。車の行き交う道路。3階の私の部屋とほぼ同じ高さの歩道橋。その上を歩いている人々。老若男女様々。実に面白い。大抵はせかせかと急ぎ足。２０日私が大町行きの疲れで寝ている間、羽田まで友人は、下見に行ったそうだ。最後の心の籠った夕食を持って来てくれた折、その話を聞いて、恐縮。この友人の厚情には、感謝の言葉がわからない。

田園都市線梶ヶ谷駅から４つ目の多摩プラザから羽田行きのリムジンバスが運行。多摩プラザ駅からバス停までの地図に道順。飛行機の時間に間に合うバスの時刻。等々彼女は、詳しいメモをくれる。

なおかつ移動の際見易い（見せ易い）様にとこれらのメモを固い紙に書き、紐を付け、車椅子の荷物の上に載せる様にと細心の気配り。帰りがけ重たい荷物を宅急便で送る手配まで。彼女は引き受ける。２１日の朝友人は、子供達に見せる人形劇の練習が午前中からあるという多忙にも拘らず、最後の食事介助に来てくれる。前にも記したが２０日、２１日の朝、もし彼女が来てくれなかったら朝食を抜いて寝ていたと思う。私には、何もこの彼女の厚意に報いることは出来ない。ただただ彼女のこれからの人生が幸せである事を祈るのみ。

ホテルの中華料理店の中国人の若い従業員と別れの握手を交わす。優しい彼女は、目に涙。お互いに「頑張って！」とエール。飛行機は、１５時４０分。フロントからチェックアウト１２時で良いと℡。有難いもう少し休める。これも友人が頼んでくれた様だ。

やがて出発時間。ホテルの方に最後の荷造りと忘れ物の確認を頼む。タクシーも。玄関前まで彼は、エスコート。外は、雨。本降り。運転手さんと一緒に友人の書いた車椅子上のメモを見ながら、多摩プラザの羽田空港行リムジンバス停へと指示。本当にお世話になりました。感謝。多摩プラザまで２３３０円。バス停に横ずけ。タクシーの運転手さんは、そこにいたバスの案内人に私の事を依頼。有難う御座いました。バス停には屋根がある。４・５人の客が旅行荷物を横に置いてベンチに座っている。

ベンチの横に2台の券売機。私が案内人に切符購入を頼む。丁度切符を買っていた若い女性がついでに自分がと申し出る。有難く甘える。程なくバス到着。運転手さんが降りて来る。そこにいた乗客全員が私を気遣い、皆で車椅子をバスの横の荷物入れへ。乗客の少ないせいもあるだろうが、荷物入れは大きく、車椅子に荷物を積んだまま。私は、親切な乗客達、運転手さんのお蔭で無事バスに乗。雨模様の窓外を見つめながら、楽しかった旅の思い出に心を馳せる。

さようならー懐かしい青春の故郷—川崎。

望郷の念に駆られた幾歳月。中でも母没後の20年、その間頚椎がずれ、自立歩行困難になって完全に諦観。それが夢達成。ああ何と言う幸せ。人生諦める事勿れ。故郷は、遠い。しかし故郷は、温かく私を迎えてくれた。私は、また此の地に帰って来る、きっと。

バスは、横浜市に入る。残念ながら地名の記憶無し。横浜は、川崎に住んでいた頃母や兄とよく行った。外人墓地、中華街、港の見える丘公園、山下公園でひかわ丸納涼船にも乗った事が有る。本当に懐かしい日々。今やその母も兄もいない。全て邯鄲《かんたん》の夢。やく1時間のバス乗車を楽しみ、羽田空港第1ターミナルのバス停に親切な乗客達と共に降り立つ。どこか幼顔が残っている30歳そこそこの若者が私を心配して、スターフライヤーの案内所まで一緒にと言う。但し彼は、北海道に出張らしい。すると若い女性が「私が…」と申し出る。丁度同じ方向に行くからと。彼女は車の付いたトランクを引いて歩いている。美人で背が高く、プロポーション抜群。スターフライヤーの乗務員さんかしら??案内所で私の事を頼んでくれ、彼女は、立ち去る。「有難うございます」。

134 - 135

搭乗手続きを待っていると“北海道行”の若い男性が現れる。搭乗手続きを終え、時間が有るので心配して来てくれたようだ。嬉しくて、有難くて、感激。彼とお互いの旅の無事を祈り、握手。優しい素晴らしい方達との出遭い。本当に幸せ。これぞ旅の醍醐味。天候が悪く乱気流発生。私の予約の前便の飛行機が遅れて到着。出発１４時５０分に充分間に合うと言われ変更。お土産、トイレ等、時間ぎりぎり。

「車椅子に乗って下さい。」と言われる。大忙し。飛行機までバス。飛行機搭乗は、階段。そこまで空港職員さんがずっと介助。お世話になりました。日頃の訓練？？一人で頑張っているお蔭で、バスも飛行機も手摺を掴まれば独力で乗る事が出来る。「シアワセ！しあわせ！」飛行機は、ウイークデイだが家族連れで一杯。２１日学校は、夏休み。乳幼児もいてかなり騒然。私は、羽田の雨模様の窓外をぼんやり眺めている内に眠りの中へ。気が付くと北九州の鉛色の空。いいえ海なのだ。水面スレスレで波しぶきが見える。１瞬大丈夫かしらと恐怖。飛行機は、低空飛行のまま滑走路へ。無事着陸。息子達に迎えられ、出発の日と同じ様な梅雨空の下一路我が家へ。

本当に楽しかった１０日間の旅の思い出。優しい友人達、従姉妹達、兄の友人、飛行機、電車、バスの乗務員さんや職員さん達と乗客の皆さん、ホテルや食堂や街の中で助けて下さった方々に深く、深く感謝申上げます。そしてこの不可能に思える旅を応援して頂いた方々、本当に有難うございました。

136 - 137

第6章

引き揚げ、そしてバトル

昭和２０年９月引き揚げ

３歳の兄。泣き虫で甘えん坊。この時ばかりは、大人しく。父に手を引かれ、黙々と歩。私は、母におぶわれ眠。日本の敗戦で外地は、大混乱。たちまち日本人の家に現地の方の略奪が始。父は、かなり素早く引き上げ準備。一家離散の憂き目に遭わず日本に帰郷。その後母は、父の事業や病気で苦労。余り父を褒めた事無し。しかし父の引き揚げの際の判断力、行動力だけは、抜群だったらしい。「お父さんのお蔭で早く帰国出来たのよ」と語る。

ちなみに会社の同僚の御家族は、ソ連の兵隊から守るためお嬢さん達の頭を丸坊主。顔に泥を付け大変な思いをなさって私達より２年以上後に帰国。引き上げ船は、狭い船倉にぎゅうぎゅう詰め。トラブルも有。母親達は、乳が出なくなり、多くの赤子が餓死や病死。海に投げ込まれたという。「貴女は、大人しく寝ていてくれて楽だったわ」と、母。余にも大変過ぎた思い出。父母の口から語られる事は、稀。

日本上陸後宿舎のシラミ攻撃は、凄まじかった様だ、衣類は全て煮沸。私は、丸坊主にされたらしい。やっとの思いで一家は、母の実家の疎開先の箱根に辿り着いた様だ。その後母と私達を実家に置いて父は、東京に出て仲間達と建設会社設立。軌道に乗り、世田谷に社宅を建て家族を呼び寄せた…？？？

今や当時の家族の歴史を知る人は、誰もいない。もっと聞いておかなかったのが残念！

父の死　（昭和３７年3月１３日）

高１の学年末テスト中、私の頭は、翌日の生物のテストで一杯。「一夜漬けで暗記しよう」帰宅途中考。アパートの入り口で近所の方が数人私を待ち受けていた。病院からの「父危篤」電報が次々に来ているとの事。「すぐ病院に行きなさい。」と忠告。その間又も電報。父の入院していたのは、臨港病院。確か大島町だった記憶。工場地帯。煤煙で空気悪。木造の病舎。私が行った時、父は、苦しそうな息。同室の４０代の方が、明け方結核菌が脳に。本人は、分からないと言。それは、孤独で恐ろしい時間。椅子に座り、じっと見つめていた私。心が虚。涙も出ない。電電公社で働いていた母、郵便局にバイトの兄は、現われない。酸素吸入器も無。看護師さんも来ない。死が安らぎを与えるまでの時間が果てしなく長い。寂。運命の神と父がその厳粛な瞬間の立会人に私を選。私に強さを与えてくれたと思う。感謝。

父の葬式。長い間、闘病していた父。葬式は鶴見のお寺。広い本堂。親類縁者少。格好が付かない。タイミング良く私の高校の同級生。担任に引率され焼香に来。可哀想に座敷に招じ上げられ、長い御経を聞く羽目に。終ってから足の痺れを訴えた友の姿が目に浮かぶ。ご迷惑をお掛けしました。皆さん有難うございました。感謝

一追記

昔、川崎の駅ビルの地下に不二家が有った。高校受験の発表の日、私は、父に同伴をせがんだ。頭脳明晰の父、旧帝大を大

して苦労せずに出。勿論《もちろん》受験失敗の経験無。縁起が良い。しかし結核に侵され闘病中。私は、県立１本槍。気の強い私だが、此の日ばかりは、ハラハラ、ドキドキ。１年後他界する程父の病は、篤。でも私の願いを叶えてくれた。無事合格。その帰り、川崎駅ビルの不二家でご馳走してくれた。最初で最後の父と「ふたりっきりのデート」。忘れられない思い出。

労災病院

父の傷病手当で暮していた私達。母の細腕には、大変。兄は、家庭教師のバイトを増。私は、育英会の奨学金を希望。高校の事務よりもう１つ障害者の奨学金の情報。これは、返還しなくて良い。年１万円だったと記憶。福祉事務所へ行く様にとアドバイス。福祉事務所で障害手帳の事を初めて知。認定を受けないと奨学金は、×。東神奈川にあるセンター（其の名前記憶無）で障害診断を受ける様に。診断結果６級。高校事務では、４級以上でないと奨学金は、×。福祉へ。福祉は、関東労災病院で再認定を指示。

関東労災病院を訪れたのは、良く晴れた風の強い日。高台のバス停を降り立つと視界が広がっていた。母と２人。まずケースワーカーに会。眼鏡を掛けた彼は、私の障害が自分の近眼と同じと語る。誰でも短所と長所がある。短所イコール長所だと。５０年経た今他の言葉は、覚えていない。障害は、私の特性。長所としてプラスにするのも短所としてマイナスにするのも本人の心がけ次第と言う事だったかもしれない。整形受診。お医者様と母。意外な再会に驚き喜ぶ。整形医は、３歳になっても首が座らない私を母があちこちの病院に連れ回る。栄養失調等の診断に納得行かず、最後に行った東大病院にて脳性麻痺の診断してくれた先生。先生は、毎日多くの患者に接するから覚えていたかしら？？

私を診た昭和２３年は、脳性麻痺の患者は、親が隠して少数。母は、２７歳位、美人。もしかしたら記憶していたかもしれない。ぐにゃぐにゃで首が据わらず痩せポッチだった私が見事に成長。小太りで元気な高校生に。先生は、とても嬉しそうに「１級でも２級でも好きな級を書いてあげるよ」と言。

それは、まさかわたしが自立して生きて行く為の大チャンスだったとは、その時は、夢にも…？？母も私も障害手帳の級は、軽い方が良いと考。４級を書いて貰い、大喜び。お蔭で奨学金も頂き、卒業まで高校生活を大いにエンジョイ。幸せな思い出が沢山。障害者に年金を頂ける制度は、昭和３０年代から。ほとんど知る人無。３級以上の人に。主人は、２級。頂いていました。主人が会社倒産にて失業。息子は、まだ中学１年生。生きる為に級の変更を申請。却下。その認定は、関節の曲がり具合。角度を測定。あちこち公的機関に相談。昭和５９年頃脳性麻痺の緊張による生活動作が判定加味の情報。申請。やっと３級に。関東労災病院のチャンスから２０年後。お蔭様でバブル期と重なり主人と２人の年金で息子の中学、高校、大学も無事切り抜けた次第。これらは、皆さんの税金。本当に有難い事です。大感謝！

相模原身体障害者職業訓練所

（昭和３９年4月～４０年3月）

私は、母に１年（兄が大学卒業するまで）だけ辛抱してくれと頼まれて、身体障害者職業訓練所での寮生活。しかも洋裁科。大嫌いな洋裁。ミシンも踏めない。針に糸を通すのに１０分。

先生は、２人。３０代（意地悪）。５０代（何も言わない）。私は、みそっかす。訓練は、９時～５時。昼休み１２時から１時まで。１０時と3時に１５分休憩。休憩時間皆は、きゃあーきゃあー遊ぶ。私は、その時間も与えられた物に頑張る。先生に見放された私。人生最初のお助けマン登場。偶々《たまたま》６４歳の通所生が私の横。彼女は、洋裁は、ベテラン。新しい洋裁を習おうと入所。彼女の方が先生より上手。真面目な私が気に入り。悪戦苦闘の私にやり易い方法を教えてくれた。「あんたほどきなさいよ」の言葉が今も耳の奥に聞こえる。彼女の指示の基に私は、より頑張る。

半年間基礎訓練。夜宿題の穴かがり。１つ２０分。他の人は、遊んでいる。私は、9時の点呼までお部屋。「頑張っても劣等生」が悔しくて筆記試験は、猛勉強。学生時代だってあんなに頑張った事無し。半年過ぎると上手な人は、お客さんの服を縫う。それ以外の人は、生地を買って自分の服。貧乏な私は、５０代の先生のシュミーズ、ブルマーも縫わされた。お助けマンの女性は、この教材にあきれる。伯母や従姉の古着を頼んでもらって来て、ほどいてブラウス、スカート、ジャンバースカートを作成。１年間の作品としては、少ないがお助けマンの指導が良かったのでまずまずの出来ばえ。大満足！

終了式の時５０代の先生は、母に「私の吃驚症状が怖いので何もいわなかった」とほったらかしの弁解。私の努力と真面目さを認めての言。１年間でミシンと洋裁の理屈を覚え。自分でお布団を敷。お茶碗洗い。自立心を。「可愛い子に旅」と母は、私の進歩に大喜び。私は、辛いこの１年で生意気にこんな信条を得る。「自分の運命に逆らわず、認。その中で努力する」。ただし、今は、「楽」の字を追加している。

保土ヶ谷身体障害者更生指導所

（昭和40年5月末～41年3月）

職業訓練所と違い、掃除も食器洗いも無。毎日１・２時間の訓練。暖冷房完備。真に優雅な温室生活。重度の方多。訓練所で己が不自由さを身にしみて体験した私が、人に役立つ喜びの日々を送ろうとは、人生は、面白い。（若干20歳の私が日記にこの言葉を書き残している。）

４・５日前まで喰って寝。役立たず人間の筈が「松沢さん、あれとって」（松沢は智恵子さんの旧姓）「これとって」とあちこちからお呼びがかかる。私は、嬉々としてこれらに応じる。お蔭で生来の明るさと自信を取り戻す。幸せ。その気持が私を愛される人間に。ここではあだ名が多。「おそまつくん、おやじ、ながたラッパ」など。訓練課長は、人目を憚らず洗濯かかりの女性にでれでれ。苗字にもじって「色松」。発展して「エロ松」。雰囲気と名前から。ちなみにここで知り合った主人は「あきはる」と読むが明治と書く。すぐに「めいじ」とあだ名。15・6の少女がメイジと呼び捨て。礼儀知らずと怒。我慢していたが…？？

お部屋は、6人部屋。40歳で脳梗塞（脳溢血だったかしら）左半身麻痺の女性。何故か「日本一」と呼ばれている。雰囲気も姓名からも連想不可。由来を聞く。彼女は、入所したての頃世間知らずの障害者達に色々教えて上げようと、「どこそこの街は、日本一。建物は、日本一。…日本一」と話していたら「日本一」とよばれるになったと言う。本人曰く発病前かなりご発展の出鱈目生活送っていたという。世間知らずの寮生の多い中で頭角を現す。女親分的存在。その口の悪さは、天下一品。私は、この人にかなり毒される。敵に回せば恐い。相談課職員は、寮生の情報をいつも彼女から得る。主人が起こしたお正月の呼び出し事件では、私の不行跡を有ること無いこと告口。 年末休暇の際私達2人が一緒に外出。バスを待つ姿を目撃される。果たして2人は、ホテルに…？？いえ、いえ違います。母の待つ川崎の実家へ。翌日横浜まで送。迎えにきた舅とブルートレインに乗る主人を見送っただけの事。相談課職員は、鬼の首を取った如く母を呼び出し、同室の年配の人から聞いたと御注進。母は、全て周知の事と言。相談課女性職員は、2の句が告げなかったそうで。その狼狽ぶりが可笑しかったと母は、笑。

指導所は。至れり尽くせりの篭の鳥。看護師さんは、舎監的存在。朝6時起床。体温など計測。夜9時にも。後は訓練時間以外自由。私は、諦めてない大学受験の勉強を頑張るつもりだった。

だがここは、恋愛三昧。老いも若きも。特に私の部屋は…？？片足の悪い 15 歳の少女は、男の方にカラカワレテ喜。閑があれば鏡を覗いている。21 歳の脳性麻痺の娘さんの所には、白髪まじりの松葉杖の男性が…？？（彼女は、かなり手が不自由。わたしは、彼女のボタン掛けを助。ある時足で折り紙を。その器用さに仰天）。お父さんと呼んでいるこの男性が毎日現。なにくれと面倒を見ている。この男性を掃除婦の方が恋慕。嫉妬して脳性麻痺の娘さんにいつも意地悪。低血圧で倒れ右半身麻痺の 23 歳の失語症の女性には、片足切断の大学生が…？？ 2 人は、美男。美女。片言で話す彼女の姿が愛らしい。若い 2 人を「日本一」が応援。この失語症の女性。銀行に勤務。しかし言葉を全て忘。数字、文字を 1 から学。だが美しく装う本能に長けている。化粧上手。彼女は、片手で私の髪をきれいにセット。素晴らしい技。

2 8 歳の女性の所には、40 歳くらいの両松葉の男性が繁々来。彼らのべたべたぶりは、濃厚。廊下側のベッド。見えないはずのキスシーンが夜の窓ガラスに映。隣の診療棟の介護師さん達に目撃され、うわさに。それでも大人の恋は、止められない。相変わらずのご訪問。夜のお部屋は、彼らが独占。私も勉強道具を持って談話室に避難。そこで 40 代の女性（脳性麻痺）が字を教えてくれという。自分の名前が書けるようになりたいと諾。彼女は、上目使いで顔色を窺がう癖が…？？どこかおどおどしている反面狡賢さも有。きっと虐められて育ったのだろうと推測。彼女、頑張って平仮名で名前を書ける様になる。

ダンプ君

（昭和４０年横浜更生指導所）

ふと更生指導所にいた脳性小児麻痺の少年の事を思い出す。彼は、高２か高３位だろうか？いつも数学の勉強をしていた。難しげな微分か積分を彼の個性溢れた数字でノートに書きなぐっていた。その字は、判明不可。言葉も同様。足も不自由。少々粗暴で歩行器に勢い付けて乗。廊下を突進。まさにダンプカー。ある時訓練室にトランポリンが設置。かなり大きな物。皆それぞれに楽しむ。誰かが（多分訓練師）ダンプ少年をその上に放り上げた。可哀想に彼は、大慌て。そのパニック振りに皆は、大笑い。

そう言えば彼は、よく怒。その怒る様子を皆が面白がっていた。今思えばいじめ。但し皆いじめの認識無かった様だ。ダンプ君も負けては、いない。だが文字も言葉も誰にも通じない。彼が出来るのは、怒りの感情表現のみ。どんなに口惜しかった事だろう。

頭の良い彼がコンピューターと出遇い、その能力を発揮して穏やかな人柄になっている事を切に願う。

横浜のリハビリセンターで婚約が決まった暮

横浜は、主人を私の実家に連れて行く時、川崎行きのバスが有ったので、乗り換えの際（正月前と４月結婚のため帰省）２

回だけ２人で歩く。結婚前のたった２回の外でのデートかしら？
食事をしたわけでも無、ただ通っただけ。まあその時は、恋という病に罹っていたから一緒に歩くだけで楽しかったと思うが、４４年の時空を超える心の思い出は、無。暮の翌日迎えに来て、主人をおぶって横浜の階段を昇っていた舅の姿、親の愛のほうが深く心に焼き付いている。
恋というものは、不思議な物。自分の思い込みという色眼鏡で相手を見ています。結婚して、あれれ？？？です。別に主人と結婚した事を後悔は、していない。自ら選んだ道。重度障害者の主人には、私以外の相手は、見つかる筈は、無。障害は、軽くても45年前における社会的概念から言えば私も同様。何とか頑張って息子を１人前に。半人前同士ながら、人としての義務を果たせた事に大満足。そして凄い人生経験が出来た事も。親から習わなかった人としての常識、工夫を教えて貰った事もね。ただその際、馬鹿にされ、卑下させられ、屈辱の気持を与えられた言葉の数々と暴力が、主人への感謝の気持を全て剥奪。そういう風にしか表す事の出来なかった主人は、可哀想な人と今は思う。私の主人への気持は、最初から同情だったかも知れない。「好きだ。結婚しよう！」と言う言葉にお調子者の私大いに舞い上がり、恋の錯覚に身を置いたのかもね。

旅立ち

私は、もうじき２１歳の時遠賀町の農家に嫁に来た

家に帰る主人（まだ婚約者）と母と一緒に横浜からブルートレインに乗。高校の先生と友人が送。出張中の兄は、真夜中京都から乗り込む。翌日10時頃門司駅で降。乗り換え。遠賀川へ。結婚式、野天風呂、大家族、つるべ無しのバケツ投げ込み井戸。新婚婚旅行無し。

母と兄をせめて遠賀側駅まで送りたかったのに、許されない。なんとも言えなく寂。3号線まで歩いて30分、延々と続く田んぼ。私は、走りゆく車を見つめて手を振り続けた。後で聞いた話では、母の方がもっと辛い思いで私が着ていた赤いセーターを、小さく小さくなるまでじっと見つめていたらしい。初めての土地で障害の有る娘を１人残して帰る母の心境は…？？同じ日本、しかし言葉が早すぎて分からない。私には、まるで喧嘩しているように聞。 兄嫁も言語障害ある私の言葉を理解不可。親元離れて、本当に大変。母とは、週１回以上手紙の遣り取り。 親不幸。カルチャーショックで誰もいない時大泣き。私も親だけれども、お母さんって最高。子供の幸せをねがう母の大きな愛、本当に有難い。

私の結婚生活

夢に出てくる主人は、いつも私を怒っている。セックスも無理やり。嫌で、嫌で逃げて目覚める。きっと気侭《きまま》な私を主人があの世で怒っているに違いない。幸せな思い出は、殆どない。

一時代前の典型的亭主関白。「俺が黒と言ったら、例え白でも黒と言え。」他人に気を遣い、自分に厳しく、妻は、自分の従属物。素直に従えば、可愛がる。吊り上げた魚。反抗すれば逆上。新婚旅行も無。新生活は、主人の実家。夜中に何度も舅が隣室でションベンと言いながら襖を開け、私達が寝ている部屋を通ってトイレに行く。その時舅は、７０歳。

昭和４１年～４４年マザーズホーム

　私達の新居。孤児施設は、主人の実家遠賀町より西のとある町に在。この町には、昔炭鉱有。言葉が荒い。理事長は、暴君。恐ろしい。冬でも上半身裸パンツ１つ。(但し理事長室では、いつも炬燵に入)

　義足を付けず片足切断の足を人目に曝。両松葉杖で移動。子供を松葉杖で撲。「おねしょ」をした幼子は、冷たい床に何時間も座。オリバーツイストやジェーンエアの孤児院の世界を私は、目の当たりに。ここの事務に勤務した３１歳の主人。常時叱られ、ぴりぴり。居れば日祭日でもこき使わされる。

冷えて足が無感覚

　主人は気管支炎で、暮れから正月入院。３軒のうち２軒空き家。私達は、明るい部屋に。でもトイレは、元の所。暗い空き部屋。壁の隅にガラス戸。それを通して１番端の教室の様な廃屋の破れたカーテンが見える。何とも言えず不気味. この家の夢は、小倉に来てから何回も見る。いまだに時々見る。孤児達は、怒られて育っている。百名近い子供達。優しい子供は、１０名いるかどうか。授産所は、広いのに石油ストーブ１つ。大きな暖房器具があるが灯油節約のため使わない。私は冷えて足が無感覚。川崎高校時代もそうだったがもっと冷えた。慢性盲腸悪化。１月末主人入院中の遠賀病院に入院。この時も痛みを堪えながら一人でバスに乗って入院。入院してからは、主人がいたので心強かった。悪化していた盲腸は、切除後傷口が１部開。３週間入院。主人先に退院。このマザーズホームの園長。福祉の名の基に措置費から上前を撥ね自分達は、贅沢。献立も役所に出した物より質を落とす。交通費も誤魔化す。その作業を主人は、やらされていた。家賃、光熱費ただとはいえ薄給。

原付バイクで実家に避難

私達夫婦は、子供達の家や授産所（私は、ここでセロファンを揃える。）から坂を上った、古い長屋に住。長屋の右端は、広い教室の様な感じの廃屋。多分戦時中使用。その横３軒に分け住。当初は、左端に理事長の遠縁の老人、良い人だが結核を患。咳多聞。右には、雑用係りの６０代の夫婦。彼らも人は、良い。真ん中に私達が入る。窓が無く暗い。昼でも電気が必要。トイレは、真ん中と右の部屋のあいだに有る。トイレの廊下から行き来可。右の奥様、まだまだ色気十分。ある夜悋気《りんき》。亭主が浮気したとご主人の真っ赤に染まった下着を持参で我が家訪問。「女房妬くほど亭主持てもせず」こんがり焼くのも仲の良い証拠。私の大好きな赤色。この記憶だけは、頂けない。だが

２１歳の私には、刺激が強過ぎ、鮮明に残。果たしてあれは、何だろう…？？謎。

左の部屋だけ縁側有り明るい。窓、障子、床の間もある。（私達は、老人が身障者の寮に引越し、雑用の夫婦も辞めた１時期この部屋に住む。老人が再び戻って又暗い部屋に戻る）左と真ん中のしきりは、襖のみ。私達は、終日仕事。休日は、主人の実家へ。いつも日中留守。

ある日曜日の午前中私は、部屋に一人。すると襖が開。吃驚。老人が「一寸御免なさいよ」と言ってトイレへ。その時まで左の部屋にトイレがないのを不知。水道無。家の前に木屑を入れた倉庫が有る。その倉庫の横に水道。吹きっさらし、冬は、寒い。そこで盥《たらい》で洗濯。子供の頃よりしゃがめない私。苦労。干し場が有ったが高すぎ竿。無理。ビニール紐を張。手の悪い私。よく絞れてない洗濯物。落として泥だらけ、何回もやり直し。飲料水もそこで水を汲み、大きな蓋付きポリバケツに入れて運ぶ。かなりの距離。プロパンガスに１口コンロをお部屋の中。下に木の板を敷。食事は、マザーズホーム。炊事場からご飯をもらって来て２人で食事する事も有。主人に卵酒、ダンゴの作り方を習。という様な生活。大変だが若い。愛有。その頃主人は原付バイクに乗っていた。三輪車。後ろに荷物入れあり。そこに私が乗。毎週主人の実家へ。私は、初めの頃荷台に立っていた。車の少ない時代。それでも国道３号線。横を大きなトラック。スリル満点。ある時警察の検問。勿論２人乗り違反。「後ろに立っているのは、妹さんですか？座ってくださいよ。気を付けて行きなさい」とおまわりさん。昔とはいえ。暢気なもの。

昭和５５年３月、晴天霹靂！舅我が家にくる

私が３５歳の時脳梗塞の後遺症で寝たきりの舅が兄弟喧嘩で弟達の手によって布団と共に送り込まれて来た。主人は、次男。１０日間。我が家。７ヶ月老人病院。そして天国へ。

我が家にいた5日目。ずっと便秘だった舅。排泄したくなる。今までは、人手が有り。腰掛け便器に座らせて貰っていた。私１人。寝たまま仕方なし。新聞紙を敷。出ない。浣腸×。また浣腸×。浣腸液のみ出。其のうち尿も×。舅も私も疲労困憊。舅は、便器なら出る。便器を持って来る様に義弟達に電話しろと言う。泣きたい気持で団地の公衆電話。掛けたのは、主人の会社と消防署。救急車を出して貰い、病院へ。目的を果して一晩入院。舅も私も一休さん。2・3日して頼んでいた老人病院、無事入院。舅は、望郷の念募る。帰りたいと涙の明け暮れ。毎日行く私に「来るな！帰れ！」と暴言。その舅が看護師さん達に「毎日お嫁さんが来てくれていいね」と言われて気を良くする。舅の病室は、６人部屋。舅は、入り口から右手の真ん中。廊下側のＡさん。気は、良いがせっかち。自分で勝手にいつも点滴速度を速める。見舞いの奥様とは、よく会う。

窓際のＢさん教養ありそうなご隠居さんタイプ。ベッドの上に机。墨で和歌等記。Ｂさんは、私を気に入り、「この家にこの人有り」と墨で書いてくれる。達筆。私の宝物。

有る時便器が詰まり、大騒動。原因は、ふんどし。名前が有っ

たらしくＢさんは、看護師さんから大目玉。まるで小児の様に叱られていた。Ｂさんは、ふんどしを汚。便器で濯ごうとしたら流れてしまったと供述。舅が「ここにいると面白いわい」と呟く。Ｂさんの向い側のＣさん、いつも賑やか。その喧しい事。聞けば入院以来ご家族が１度も来ないとの事。舅の向い側は、認知症の方。大きな体をベッドに縛りつけられていた。お気の毒。彼は、廊下の隅をトイレと思い。目的達成。自由剥奪される。

舅の病院は、我が家からバスで５つ目。バス停から５０分歩く田圃道。昼間は１時間にバス１回。大体バスは、遅れる。乗降車の少ないこのバス停だけは、早目。目の前で行ってしまう。おまけに道路は、曲がり１停留所。この間だけ遠い。歩くのは、無理。１時間は、長過ぎる。そこで坂越え。１つ手前のバス停まで歩く。１時間コース。ここからもう１つ我が家よりの農事センター前のバス停まで足を伸ばす。バス多。

８月冷夏大雨多、病院で顔馴染みなった患者さんと挨拶

「よく降りますね」１人の女性患者さんが「良く降ると褒めるから雨は、やまない」と言って笑う。面白い！記憶。５月から舅は元気になり、「智恵子のために歩けるようになる」とリハビリを頑張った。しかし、前から持っていた大腸癌悪化。またご機嫌悪。当り散らされ涙。舅の方がもっと辛い。「来るな」の言葉に逆らい、雨の日も風の日も毎日通。大雨で道と側溝がわからなくなった時も有る。道端のせいたかあわだちそうを折って杖に。それで道を探歩。無事バス停。

舅は、１０月３０日他界。その前日帰る私に「ありがとう」の一言。私は、幸せ者。満足な介護が出来なくても真心が舅に通じた。ヤッター！そして今大雨や困難の中１時間も２時間も歩く根性は、舅からも貰ったと思う。感謝。

夫婦バトル

わが亭主。真面目で一本気。但し怒り狂うと大変。沈黙して彼自身が自分で静まるのを待つしかない。謝ると反省が足りないと怒り。女の武器の涙も利かず「もっと泣け」と怒。晩年毎食後、私が如何に愚かでだめ人間か。母や兄の悪口を立て板に水の如く、列記。４０分。一言でも言い返すと逆上。私を黙らそうと物が飛来。押入れののこぎり、ナイフを。「貴様ーぁ」とちらつかせる。危ないから逃げるとさらに頭に血が上る。「俺の足の悪いのを馬鹿にするか」と湯気。いざって流しの下から包丁。いよいよ物騒。ある時私は、玄関の外に逃。主人が中から鍵をかけようとする。そうはさせまいと私は、外から扉を引っ張る。無言の力闘争。そこへ２Ｆの奥様が降りてくる。ドアが開かないと勘違い。彼女は、ドアノブを引っ張る。彼女の力が勝。一瞬ドアが開。彼女は、「旦那さんがドアを引っ張っていたよ」と言。彼女は、表へ。私は、ドアの陰で主人の顔を見ていないがその表情を想像すると今でもおかしくなる。外での無言の入れ替わり。私のはずが２Ｆの奥様のお顔。どんなに驚いたことだろう。

７０代の友人と電話で話す。彼女は、「足が弱り、歩いていると他の人が追い越すのが口惜しい」と言う。主人は、２０歳で人生そのものを追い越されてしまった。その口惜しさを、私を貶《おとし》める事で発散。叩いても脅してもひれ伏さない私に暴力をエスカレートさせて行った。可哀想な主人。物事を真面目に取りすぎ、遊び心を喪失。あの世での幸せを願。

救急車

主人の暴力に追い詰められて、出す悲鳴。アパート中に鳴り響く。殆ど助けは、現れず。偶々《たまたま》来たよ、管理人。口達者で礼儀正しく理路整然の主人の話。ヒステリー状態の私を一見、「これだから女は困る」と男同志で意気統合。「ご主人は、ストレス溜まっているから」と主人に同情。意見され怒られるのは、いつも私。誰も分からず我がストレス。私の兄は、心の病。兄がくれるストレス電話。愚痴った主人にゆとり無し。主人に怒られ。口応え。主人逆上。暴力へ。息子は、とても親孝行。両親どちらも大事。話は聞いてくれるが、ただ、それだけ。果てしない生き地獄。私も心の病気？精神科受診しようかしら？考える。何回も。「その必要無し」と整形医。睡眠薬を処方する。夏場熟睡中、ムカデに噛まれて、起されて、眠れなくなる事、数知れぬ。夜中ベランダ。炊事場上。１５センチ開いた窓から猫侵入。漁った玄関ゴミ袋。目覚めた私の大声に。猫は、窓を跳躍。闇の中。夢か幻。玄関見れば、ゴミ散乱。やはり現実。あららの、ら？「夜の夜中、なんしょうとか、馬鹿たれ！」主人の声が飛ぶ。「猫？お前が悪い。窓開けたまま」この夜も喧嘩。

眠れない。アパート１階コンクリート焼け。辛い蒸し風呂。扇風機。真夜中の猫の訪問。１１時、２時、４時。炊事場のベランダへの鍵、掛けた筈。後から付けたサッシの戸、斜めに傾いで、鍵浅し。外から上手に猫、開ける。そこで考え、しんばり棒。やがてそれは、武器となり。ああ！　恐ろしや、怒った主人が振りかざす。風呂場に逃げ込む事数知れず。「そこから１歩も出るな！」声を残し主人は、居間へ。頃合良しと台所。しまった！早すぎ。「貴様、出るなと言ったろう」怒り心頭主人の声。武器を片手に、いざり来る。これぞ正しく生き地獄。トイレに起きて洗面台。掴まり損ねて後ろに転倒。入り口コンクリ角避けて、身体斜めにそのまま落下。トイレの手摺移動螺子《ねじ》。新米兄ちゃん、工事下手。頭ぶつかるその残滓《ざんし》。可哀想だよ、我が頭。痛み感じず、大出血。一瞬パニック　どうしよう？？「夜の夜中、何しようとか！」主人不機嫌、怒鳴り声。私も腹立ち、言い返す。怒りに任せて大パワー。傷の手当の助け無し。タオル片手に、頭抑えてする電話。何とか通じた救急電話。兎も角、保険証バック持つ。すぐに来たよ、救急車。玄関で寝かされ、ストレッチャー。応急処置。血圧高いよ。１７０。救急病院。ともかく撮るよ。ＣＴ検査。異常なしとて傷を縫う。帰りは、２時だよ。夜、夜中。シャツは、血だらけ。はだしのまま。一人ぽっちの、夜の病院。タクシーまでは、車椅子。看護師さん、有難う。夜中のタクシー物寂しい。見慣れた景色を闇包む。やがて帰った家の前。兎に角履物。靴頼む。運ちゃん常識。気を利かせ。わざわざ下駄箱、突っかけ草履。申し訳ないが歩けません。2度手間掛けて　靴履いて、入り口までのエスコート。運転手さん有難う。「只今」と言っても、夜だよ。答え無し。眠れぬままに朝迎え。それでもしたよ。朝食用意。心配性、主人いらいら私待つ。その心とは、裏腹に、言葉の鞭で、傷つける。聞き流すには、辛すぎる。傷ガード取れてしまった心配だ。主人の昼食、準備して、血だらけのシャツも着たまま、一人歩いて病院へ。日曜日救急外来、空いている。傷消毒終って、ゆっくり数時間。休ませてくれて有難う。着替えの手伝い有難う。看護師さんに感謝。感謝。この事件、始めて宿る恨みの気持。主人の傍には、子電話が。救急車、何で呼んでくれなかったの…？？反抗する私に腹が立つ。それで一杯、主人の気持。これぞ正しく生き地獄。畳ボロボロ。破れ襖の桟も折れ、ゴキブリゾロゾロ。ダニ喘息。風呂場、玄関、台所、見上げた天井カビだらけ。隅の白壁、真っ黒け。身体痒いよ。アレルギー転んだ炊事場、床腐り、貼ったテープも端めくれ、思わず突いた指先にとげが刺さって化膿する。窓の下には、糞の山。何故か猫好き、我が階段。主人介助の車行き。足元沢山ねこの糞。踏んだ回数、数知れぬ。「片付けてぇー！」あげる悲鳴が恨み買い。猫好きサンの意地悪へ。これぞ正しく生き地獄。

汗ばむ暖かさ

受診後電動で金融機関、花屋にて年末年始の花注文依頼。八百屋等行き帰宅。友人の便り見。未投函の葉書に少し書き加えポストに。夜帰宅後じっくり読。送った白髭神社の文の「一人暮らし、気楽で幸せ。…主人に怒られていたわ・た・し」が２年前のご主人の他界から立ち直れない彼女の心の琴線に触れた様だ。まだ想夫恋の涙の日々の彼女。私の表現が大胆。亡き人に冷たいと感じた様だ。震災で連れあいを亡くされた方々も…云々と有る。こう言う感想もあると釘。友情からの批評。私達夫婦が最後に通り抜けた地獄は、友人ご夫婦の闘病 (癌との闘い) と全く比較不可。

どちらも大変過ぎるもの。被災地の一瞬の内に津波に愛する者を奪われたご家族の心境・悲しみは、測り知れない。（ああもしたかった。こうもしてあげたかった）。その口惜しさは、如何に…？想像を超えている。私の場合は、私の全てを主人に捧げた。ずっと頑張った。誰にも出来ない事をやり遂げた。其の時々は、満足。しかし振り返ってみたら、楽しい思い出は、殆ど無。息子だけ。この喜びは､お互い。最後は､苛めの構図。私は、傷付き、心と体から血を流。それよりもっと深い心を抉る後悔の傷で主人は、苦悩。本当に可哀想。

主人は、20 歳の時、文部省に就職決定。９月から。７月田圃に害虫。父親を手伝い農薬散布。ＢＨＣ。其の時は、人畜無害と有。無防備。夜には、歩けなくなる。高熱。「臨終」と皆集合したと主人の友人は、私に語る。担ぎこまれた炭鉱病院。脳膜炎と誤診。薬剤中毒と判明したのは、１年後。九大病院。一緒に撒布の父親無害。若いスポーツマンの主人に中毒症状。すぐに体内を洗えば､毒減。１年後では､遅すぎる。昭和 29 年。３０年。九大で 99､9%薬害。 ０、１%の証明不可。訴訟無理告。泣き寝入り。

口惜し、口惜しの諦めの人生。他人に気を遣い、学生時代からの竹馬の友、息子にさえ低姿勢。その反動の矛先を全て私に。傷付けられる度に私の愛は、どんどん壊。悲しい現実。刃物持って「出て行け！」と私を追いかける。内心一人になるのが恐くてたまら無い癖に。

私が母と兄の永代供養を終え帰宅した時「只今」と言う私に主人は、「何で帰って来たんだ」と怒鳴る。「帰って来るって言ったでしょ」と、返事。多分旅が私を強くして「人形の家」から精神的自立したのが主人に分ったと思う。私は、主人の死を望んだ事は、皆無。主人の方は、逆上した時…と口走っていたが？主人は、私の留守中、その最後の３日前孫娘（６ヶ月）を思いっ切り抱いて息子一家と鍋を囲んで団欒したようだ。その好好爺ぶりが目に浮かぶ。連日のデイサービス（これが体に無理。主人がショートステイを断らなければ、死神は、来なかったかもしれないが…？）で習字等の力量も発揮。大いに楽しんだ様子。私が帰宅後翌日の旅立ち。恐れていた垂れ流しの孤独死では、無い。神様は、主人に安らぎを与え、苛めの構図の加害者の苦悩に終止符を。もう苦しまないでも良いのです。主人に「良かったね」と言いたい。修復困難な夫婦関係。私は、その暴力で主人への哀れみが憎しみに変わる前に離婚を決意。私の決心は、強固。たまたま死が二人を別離させただけの事。主人には、できるだけの事をしたので悔やむ事無。私の一人暮らし。文章を読んだだけで主人と離別か死別かわからないと思う。私は、友人が前向きに元気になって欲しい。そして「主人のあの世での幸せを心から願」。

8月１５日金曜日初盆

お盆でリハビリお休み。a.m. １１時まで眠る。息子より六時頃迎え来るとのTEL。ｐｍ４時半過ぎ支度を始める。家の中は暑いので、外に出て、車椅子に座って待つ。時計を見るとまだ５時１０分。早過ぎる。明治（あきはる）さんが急がせたのかしらと思う。5時半頃トイレに戻る。又、外で待つ事にして、ドアを開ける。雨が激しく降っていて、ビックリ！あのまま外に居たら濡れていた。ラッキー。雨は、すぐ止む。６時一寸過ぎ、息子達が来る。孫が寝ている、静かに。と早速注意される。車に乗せて貰い、全照寺へ。御寺の前にウロウロしている人が二、三人見える。主人の弟達がもう来ている。中に入り、時間まで待つ。義弟達は、私に対して丁重に挨拶。何か心境の変化…？？人権復活の気分。嬉しい！

お寺は、蒸し暑い。程無くして主人の従姉弟達や友人が来る。儀式は、７時に始まる。副住職さんの読経の声は、朗々として素晴らしい。変な鳴り物がなく、質素で良い。心を感じる。また１３人もの列席者。お客さん好きの主人、きっと喜んでくれたと思う。用事有る従姉弟達は、帰。残りの八人は、全照寺の近くの「梅の花」という懐石料理屋に車で移動。上品で落ち着いた感じのここでの「お食事会」。料理は、美味しい。懐石料理なので、少しずつご馳走が出てくる。鈍間の私には丁度良い。

義弟達も珍しかったと思う。酔った次弟の口から始めて私を義姉さんと呼ぶ声が飛び出す。和気藹々で大成功。孫達の可愛い姿も座を大いに盛り立てる。嫁の運転する車にて帰宅。お疲れ様！

162 - 163

第7章
寄せ書き

主人の友だち

朝食後TEL有り。主人応対。またKさん来訪の知らせ。嗚呼！寝てよう日返上。がっかり。前日は、病院行き。リハビリ、買い物、役所と頑張る。私が疲れている時に何故かKさんが来る。イライラと掃除する私に主人の声が飛ぶ。「要らん事するな！」。Kさんは、全て承知だからと。この心優しき主人の友人は、リタイヤ後、手弁当で来る。何と主人と私の分まで持参。２０歳で農薬の中毒で重度障害者になった主人。当初は、沢山の友人達の見舞いが有ったらしい。しかし４４年前、私達が結婚した時には、竹馬の友は、Kさん１人。以来彼の訪問時に私も同席。男同士の話に、共に笑い、楽しむ。

それが、だんだん年寄りの昔話となり。私には、感性の相違で睡魔との闘いの苦行と化す。狭いアパートの中、身体の不自由な私に逃げ場無し。常人なら台所にお茶の用意に数回立つ。それも無。平成19年9月6日主人突然天国へ。享年７３歳。この「篤実の友だち」の訪問は、この日を以って終了。Kさんの５５年以上の長きに渡っての変らぬ主人への友情に感謝の気持を捧げたい。

５０年目の寄せ書き

故郷を遠く離れた私には、４０年以上心を割って語る友だち無し。子供の頃から脳性小児麻痺。平成１５年９月、頚椎がずれて手術。後遺症で私も重度障害者。老老介護ならぬ障障介護。それも重度。出来るのは、喧嘩だけ。これでは。生き地獄。

主人を置いての必死のリハビリ。辛い日々。そんな時、大きな封筒が届く。中身は、東京の小学校の級友達からの色紙。励ましの寄せ書き。５０年目のメッセージ。平成１７年の事。「嗚呼！私には、友だちがいた、こんなに優しい友人達が」と涙。この素晴らしい贈物は、私の宝物。真心と友情が私を勇気付ける。暗黒の日々に一筋の光明。

上京

平成 19 年の７月、心の病気で独身を通した兄が肺癌で余命僅かの報。偶々小学校のクラス会有り。いつものように欠席に○の返事済み。「行こう！東京へ」。母の死後、２０年。実家は、無くなり。親類とも手紙だけ。無鉄砲に小学校のクラスメートを頼りに羽田に飛ぶ。出迎えた友人二人、兄の入院中の川崎市の病院や親戚に連絡電話。病院へのタクシーに乗せてくれる。

友だちのお蔭で兄に会えた！機械に繋がれ物も言えない兄の満面が喜びの笑顔で一杯。自立歩行の出来ない私が、目の前にいる。私は、「頑張って！奇跡は起こる！」と、叫ぶ。(本人に、告知済みと言う事なので)嬉しそうに頷く兄の顔に不可思議な笑み。その後二週間で兄、永眠。享年６５歳。「俺には、智恵子しかいない」と言い続けて来た兄。重度障害者の主人と私自身も障害者。川崎市は、遠過ぎ、兄の心の闇に付き合うゆとりも無い。私は、自分が生きる為に心から兄を切り離す。辛い決断。それは、長い間良心の重い枷《かせ》となる。私は、許され、素敵な笑顔の兄の思い出に浸る事が出来る！従姉妹達にも連絡が取れ、何人かは、兄と再会。友達はいても、血縁に飢えていた兄の最後に喜びを。嬉しい！「全て友だちのお蔭」。感謝。卒業後ずっと続いていたクラス会。ずっと参加を諦めていたクラス会に半世紀も経て。出席。これが最後と夢心地。まるで龍宮城にでも行った様な至福を味わう。

兄の友だち

兄永眠の報を従妹に連絡。彼女のお蔭で兄の最後を献身的に見舞っていてくれた４人の友人達の存在を知る。彼等は、病院近くの１人の家に宿。交代で病院に通い、介護。「なんて幸せな最後を！兄は」。感動。兄は、２８歳で心身症を発病。以来１７年間母に支えられ、仕事を転々と変えながらも社会生活を維持。母の死後、丁度私の息子の大学受験の頃、職も家も失う。訪れた親戚から門前払い。此の事は、双方からの苦情が私に来る。子供のままの純真さで叔父を訪れた兄。母と共に訪れた時の様な歓待（お金より優しさ）を期待。叔父の冷たさに深い心の傷。叔父への恨み心を私に電話。叔父からもTEL。兄に汚い格好で一晩中家の回りウロウロされ、大迷惑。女性達は恐がった。自分が東京駅まで送り、３千円渡したと。さて、気の弱い兄がその後、巷をどれ位彷徨《ほうこう》したか不明。私の所に川崎の福祉事務所から手紙有り。兄が自分で福祉を訪れたと知り、一安心。福祉の保護の下。「嗚呼！その陰に友だちがいたとは！」身体も心もボロボロで訪れた兄を風呂にいれ、食事も与えて、家に泊め、福祉事務所へ同行してくれたその友人が献身的に兄の最後をも。兄は幸せ者！こんな素晴らしい友人がいて。この友人達は、本好きの兄が集めた読書会の面々。私は、感動と感謝で胸が一杯。彼等に捧げるお礼の言葉を知らない。大感謝。

斎場

兄が永眠した７月３０日の日曜日、我が家に息子夫婦が来る。３歳の兄、４ヶ月の妹を中心に幸せな家族団欒。私は、一人ぽっちで焼かれる兄が可哀想になる。荼毘に列席を決意。今回は、従妹を頼りに上京。横浜出張の息子や従姉も斎場へ。既に読書会の兄の友人達、大学時代の友達、そして１０数人のグループが集合。若い娘さんもいる此の集団、精神障害を持たれている方達。荼毘の間のお別れ会。じっと私を見つめる彼等。「兄に似ている？」と聞く私に、「Ｍさんは、…。」「Ｍサンは、…云々」と、次々に思い出を訥々《とつとつ》と語る彼等。素朴で純粋で、そこには、社会的地位、名誉とか義理、金銭への欲望も一切無い。彼等は、素直に兄の死を悼み。別離を悲しんでくれている。「嗚呼！何て幸せ者なんだろう、兄は。こんなに素晴らしい方達に慕われて！」。

新たなる人生の友

その後、不思議な運命に操られての１人暮らし。多くの優しい方々に助けられ、パソコンや携帯メールも教えて貰い、友人達と交信。去年も今年も小学校のクラス会に出席。川崎の高校の友人達にも４７年ぶりの再会。羽田への送迎やあちらでの移動は、この優しき高、小クラスメート達の連携プレイ。感謝。現在私には、友だちが沢山いる。五十年の時空を経て再会した友人達。皆、昔と変らなく優しく、そして昔より素敵。経験という年輪が、素晴らしい６５歳の個性を形作っている。おまけに兄の友人達も上京すると会いに来てくれる。なんという幸せ。私は、この友人達にまた会いたい。それには、元気でいる事。目標にむかって、リハビリ頑張ろう！「人生諦める事勿れ！」「おともだちバンザーイ！この幸せは、兄がくれた「奇跡」にちがいない。

一追記

　叔父も３年前此の世を去る。別に悪人では、無い。少々気が小さく、守るべき家族と僅かな財産の為に過剰反応したに過ぎない。不運の兄を救ってくれた友人こそ、稀に見る奇特な人物だと思う。

魚と酒 はなたれ
只今 祝気に

しろはと

車椅子専用道路
単車・自転車等は
置かないで下さい

Coca-Cola
うまい
とりてん

しろはと

第8章

ムカデと猫と高校生

ムカデと高校生

今朝４時頃、遂に出ました、体長１０センチ以上もあるムカデが。トイレの入り口から、私（人間様）に驚いて、スルスルスルと奥の方へ。“逃してはなるものか、すかさず” と、書きたいところだが、ゆっくり台所へ行きムカデ用殺虫剤持ってトイレへ。“居た、居た” タンクの下の隅っこに。上手く隠れているつもりらしい、じっとしている。まず左手で手摺りをしっかり掴む、転倒予防Ok。ムカデめがけて薬剤噴射。驚いたムカデは、私の方へやって来る。“トイレから外に行かせてなるものか” と集中攻撃。大きいので薬はなかなか利かず。逃げ回る。やっとその動きが鈍くなる。“〆た！今度こそすかさず” 殺虫剤の缶をムカデの上へ。捕まえた。グロテスクな頭を右、左、クネクネさせている。そのままほったらかして、もう一眠り。それにしても咬まれなくて良かった。ムカデやゴキブリは缶を真上から置くと捕まる。缶が虫のセンサーを通さないのか、真上が弱点なのか分らない。黒ゴキブリなど薬をかけた後迷走して困るので、缶を上に置いて、後でゆっくり始末。ムカデは居間でじっとしている時、真上から灰皿等で捕まえた事がある。今日は素晴らしい秋晴れ。山の稜線がくっきりして、青い空に映え、本当に美しい。その青い空に誘われ、企救中辺りまでカメラを持って散歩する。「空青く山は緑…」。夏の左足の緊張は殆ど無くなる。私は、歩くのが大好き。しかし首の手術の後遺症で左足に「吃驚緊張転倒症状」が有る。そのため車椅子に摑まって歩いている。それから偶にバスに乗る。” 嗚呼！

もう一度バスに乗りたい！” 退院後ヘルパーさんと歩きながら、車椅子マークを付け、走り行くバスを見つめ、何回思った事でしょう。夢は実現、勇気と工夫と多くの人々の優しさの中で。車椅子の上に息子の中学時代のスポーツバッグ（軽い。沢山入る。泥棒が狙わない。丈夫でまだ綺麗で勿体ない）を乗せ、その上に業者さんに作って貰ったカード（感謝、リハビリの為、自分で乗降、車椅子だけお願い云々）を置いてバス停に立っていると、所在なげにバスを待っている人が、じっと見て、乗る時助けて下さる。運転手さんは色々。乗客任せの人が多い。９月２７日国立病院から歯科大学に行き、小倉駅ビル地下 1F。「レッドキャベツ」で買い物。全て移動手段はバス（勿論車椅子マーク）。５回乗った中、座ったままの運転手さんが２人。他の３人の方、１人は、乗客が車椅子を降ろしている時、私の所まで来て降りるのを介助。後の２人は、車椅子を降ろして、バスから降りた私が、車椅子に掴まるまで介助。これが私には一番有難く、楽。運賃も運転手さんに手渡せる。さて、この日小倉駅から乗った３８番のバス、乗る時は乗客が２人車椅子をのせてくれる。運転手さんは知らん顔。バスの中で乗客達が私に優しい笑顔を向ける。私も笑顔で答える。石田のバス停で「すみません、降ります！」私が叫ぶと、一端閉まった後ろのドアが “バタン” と開く。運転手さんは来ない。傍に居た高校生がさっと車椅子をバスから下ろす。“乗車賃をどうしよう” と思案。誰かが、「運転手さん、何してるの。助けてあげなさい！」と、叫ぶ。彼は慌てて私の所に来る。お金を手渡すと運転席に戻ってしまう。ステップを降り、高い歩道に上がる時、又高校生が私を介助。しかも団地の上り坂を私と一緒に歩く。その優しいお兄ちゃんのお蔭で、いつもより速いペースで歩く。一寸息が切れるが、左足の緊張を忘れた上り坂。色々の人と会えるバスは本当に愉しい。タクシーは、悪い運転手さん（遠回り、運賃の誤魔化し）に会った時、口惜しさが残る。明日は何が起こるかしら？楽しみだ。

ー追記

　歯科大学にバスで行く時、三萩野乗り換えの際、行きは車道を渡らなくても良いが、帰りは歩道橋を渡らなくてはいけない。横断歩道探してウロウロしていると、女の人がエレベーターを教えてくれた事が有る。上まであがり歩道橋を斜めに渡る。「無い、無いのだ」下りのエレベーターが。目の前には階段が有るだけ。戻って横断歩道を探す体力は、其の時の私に残って無かった。立ち往生している私の前を数人の人が通り過ぎる。そこへ茶髪の若者が来る。彼なら車椅子を持って高い階段を降りる事が出来そう。思い切って頼んでみる。彼は、黙って車椅子をかかえて、どんどん階段を降り、車椅子を置く。私が階段を降りた時は、雲霞《うんか》。ところが、バスに乗る時、階段で疲れた私の足が上がらずにステップを踏み損ねる。するとさっきの若者が何処からか現れて、介助。バスが動き、その親切な若者の姿は、永久に私の視界から消え去る。感謝。それからこんな事もあった。兎も角近くの横断歩道を渡り、歩道橋下まで歩く。我が家に帰るバスに乗る為には、もう１回渡らなければならない。消防署方面のその道。横断歩道は、遠くに見える。一応そこに居た老婦人に、他の横断手段を聞いてみる。無。仕方が無いと歩き始める。数歩も行かない内に呼び止める女の声。「横断歩道まで歩くのは、遠くて大変でしょう。私がここを渡らせて上げましょう」介護タクシーの制服着た彼女。赤信号を待ち、止まった車の間を手で合図しながら、きびきびと私をリード。「慌てないで大丈夫」と無事私を渡し終え、今度は、車の間を縫って走り、ご自分の車の中へ。その車には、さっきの老婦人。ご親切なお二人に感謝。三萩野交差点の沢山の車の間を歩いた経験の有る人は、少ないと思う。あの時道を空けてくれたドライバーにも感謝。この経験から三萩野での乗り換えは諦める。小倉駅に向かうバス停を一つずつ体験。結局エレベーターが有り、車椅子を押しての買い物にも便利な小倉駅に落ち着くという事になる。

不法侵入お断り！

我が家には、毎年、４月～５月蛞蝓《なめくじ》。４月～１０月百足《むかで》、ゲジゲジ、ヤスデ、８月ダニ、蝿、ウシバエ、蚊、ゴキブリ、だんご虫、カメムシ、こうろぎ、トンボ、蜂, 蜘蛛が不法侵入。チョウチョが私の花柄のエプロンに止まった時、そっとそのままベランダへ行き、逃がした経験有り。

今年は、蛞蝓は、ベランダに捕虫器。ムカデも５月以来見ていない。ムカデがでで咬まれた話は、聞。油断出来ない。節電に反するが、ムカデ予防は、外気温より室温を３度低くする事、夜起きている事。

別に意図している訳では無いが、能力以上に頑張って居眠り状態。目覚めて夕食、入浴、11時、12時、午前1時。夜行性のムカデの訪問時間だ。我が家が明るいので多分訪問中止。大体虫達が活発になるのは、大潮の時期。その頃天災、人災も多い。そして猫のラブコール。子育て終了期も。

２３年７月初め 旅行準備、講座、リハビリ、受診、欲張り過ぎで　睡魔でバタン。その間ダニにやられっ放し。座って畳にダニ取り撒く、ダニの逆襲　腿の上。その痒い事この上無し。バルサン、畳注入。元気な頃私は、毎年頑張った。６月から猫が隣家との仕切りを跳び越え、我が家の洗濯機の上に。子猫達も学習。ドーン、ドンと、騒音。洗濯機に覆いをしないと雨の後、泥だらけ。傷も付く。そこで古着を掛け、障害物も置。猫ちゃん難なくそれ落とし。じっくり座り込んで布に体をこすりつけてのダニ落とし。猫の毛と泥で汚れた布、不快きわまり無し。賢い子猫は、子離れ時期の自分の生きる道を模索。人間を研究。自分を可愛がり、餌をくれる家を探。６月２６日戸を開け、声を掛けた私をターゲット。

お腹を見せ、信頼をアピール。可愛い円らな目でじっと見上げ、抱き上げて家の中に入れてくれるのを期待。痛く無い様に叩かれて、もう少しとばかり尻尾を立て、服従の意を現。だが家の中に入るガラス戸を私が閉。子猫は、断念。一瞬の早業で姿をくらます。何と賢い知力、素晴らしい運動能力。人間が猫を選ぶのではなく。猫が自分の家—人間を選んでいる。「長靴を履いた猫」等の物語は、猫の知力への感動から生まれたのであろう。さてこの日の後、猫の姿を見て居ない。

猫のフンと大将

朝ゴミ捨て。ふと見ると窓の下の草が芽を吹いている。先週頑張ったのに。暖かく適当に雨。流石に夜のムカデ（11月5日朝7センチの百足台所に出現。殺虫剤にてあの世行き）は、もう…？　今度は、カメムシがお墓から飛来。北側の壁にて種保存。日中アベックでびっしり。棟の入り口にも沢山。バランスの悪い私。壁に凭れる事多。彼等の邪魔をして服にたっぷり臭気攻撃。犬猫の糞臭よりましだが臭いがなかなか消えない。困る。窓の下にムカデ用殺虫剤を撒布すると壁には、来ない。入り口、郵便受けの所の壁、階段は、諦。さて先週の月曜日の事。高温の雨が続き、雑草がはびこっている。ゴミ捨て後　やる気。草取り終了。薬剤を取りに玄関へ。左手にスコップ。右手で玄関ドアを手前に引き開。身体を滑り込ませ、左手のスコップを置いた途端。右手小指が何とドア（蝶番側）に挟まる。原因は、脳性麻痺の「不随動作」。其の痛い事。「ゆ　び　が　ち　ぎ　れ　る！」パニック。途端　後ろに吃驚転倒。何とドアは、私の大きなお尻に押されて転んだ分だけ開。尻持ちで右手小指開放。助かった！ドアが背中、転倒はしりもちまで。入り口で身を起こすのに一苦労。しかし私は、天助に感謝。大喜び。ゆっくり両手を床に突き、お尻を上げて玄関入。兎も角小指に鎮痛消炎剤を塗布。それからムカデ用殺虫剤を隣の窓の下から我が家の下まで撒く。指の方は、こまめに薬塗布。後遺症も無。後ろ手で鉄の扉に右手の自由を奪われ、あのままじっと。考えただけでも恐ろしい。自分の運の良さ「神様！有難う御座います。」これからは、蝶番の方に身体を寄せない。ちゃんとドアを閉めて行動。用心！用心！このドアは、今年の春ベランダの排水が悪く修理。其の時の市の指定業者さんが我が家のドアがバタンと閉まるので蝶番、上部のバネ？取り付け金具を交換。ドアの隙間が無くなり、音もしなくなる。だが閉まる力が強。開けるのに前より力が要。一寸大変。密着して隙間風は、減。虫の進入も。手足の不自由な人にとって鉄の扉は、難。きっと脳梗塞の後遺症の高齢者も苦労していると思う。

しかしこの取替えに文句は、言えない。なぜならば指定業者さんに恩を受けたから。10月8日の土曜日、買い物を頼んだ息子がドアの鍵を外からかけて帰る。其の時窓の下に猫の糞。此の日は、北九大の講座。帰りは、息子が車に乗せてくれた。歩かず余力有り。糞の片付けを思い立ち。ドア扉の鍵ターンを。動かない。どうしても回らない。そう言えば鍵がかかり難くなっていた。まだ5時前。まず家のリホーム業者に電話。息子に相談しろと言う。息子に℡。帰宅途中何処かで買い物中の息子は、「自分が戻っても直らないかも」と×。ご尤も。市の指定業者さんは、団地下。近い。「助けてぇ」と電話。ほどなくして軽トラが窓の下に。「大将（タイショウ！）」と言う言葉がぴったりの建設会社の責任者。寡黙で体格が良い。メタボの彼に窓から鍵を渡す。外から簡単に錠を開。彼は、「ごごろく、ごごろく」と言う。初め何かピンと来ず。「はぁ･･･？？」息子が高校生の頃自転車に使っていた油（クレ５５５か556？？）を連想。油差しを渡す。ターンに注入。これでＯＫ。彼は、軽トラの人となり、立ち去る。「助かりました。」大いに感謝。土曜日晩方しかも連休で月曜日も休日。猫の糞を取ろうとしなかったら、ターンの回らない事に気が付かず外出時に困惑していたと思う。この時ばかりは、猫にも感謝。ドアが開き、糞取りの目的達成。それからは、鍵も楽にかかり、外れる。

話を今朝に戻す。小さな草の芽をスコップの先で掘り取る。ちょこちょこ仕事のつもり。隣家の窓下に猫の糞。一瞬迷ったが取る事に。ついでにゴミ捨ての途中気になった犬の糞も。かなり沢山で蝿が。我が家から距離有り。しかし飛んで来るかも。糞の袋は、ゴミ置き場に置きたいが、ゴミ収集日まで３日も有る。臭いと文句が出そう。向かいのお墓の石垣の前しか無い。そこには、深い側溝。落ちたら大変。ブレーキをかけた車椅子に掴まり置。スリル満点。帰宅後入浴。今日は、有難い事にハプニング無し。一寸小雨。

カラスとゴミ

ゴミ捨て場の囲いの　ブロック上　カラスが１羽。私が近。傍の物置屋根の上　カラスは、ちょっぴり移動する。カラスのいたブロック上ネットが１箇所外れている。あらら？？大変　ゴミの山　私はお手上げ　仕方なし。カラスが　見詰める　監視下で　ネット端一寸捲《めく》って　ゴミを置。約５メーター　帰り掛け　カラスは、如何にと振り返る。何とびっくりカラスさん　地上に降りてゴミの前　私の捲ったネットの端　首をかしげて覗いている。確かちゃんと掛けた筈。私のせいでゴミ散乱。

それは、困るよ　カラス殿　戻る私をチラと見て　またも　物置　屋根の上　私は、さらに　念入りに　ネット　掛けたよ。隙間無し。じっと見ていたカラス君　これは、無理だと飛び去った。 何と賢いカラスだろう。ネットの端っこ　いい加減　隙間　たっぷり　ゴミ置く住人かなり多いよ。そんな時　美味しい餌　たっぷり　せしめる事だろう。何と賢いカラスだろう。

猫跳躍

朝９時畳屋さんが２部屋の畳４枚持って行く。畳の高さと横幅に合わせた直方体の台（縦幅３０センチ位）を利用して重たい家具の下から手早く２人で畳を抜き取る。梃子《てこ》の原理応用。見事な技。出来上がり晩方。私は、畳の下のゴミを取れる所だけ取り、台所にて１日過ごす。４時過ぎ仕上がった畳到着。私は、台所に座。ふと居間を見。何と部屋の真ん中を猫が悠然と歩いている。我が物顔。

「あっ！猫！追い出して下さい！」私の叫びに畳屋さんは、「野良猫だ！」と言。捕まえようとする。

慌てふためく猫。真っ直ぐ玄関から出れば良いのに私の座っている方に来る。私がいるので跳躍。電子レンジの上。時計を倒す。エアコン室外機の為。窓の桟がずれている。開いていると想ったか窓の棚へ。出られない．笊《ざる》等を落。流し台から風呂場へとダッシュ。全て一瞬の出来事。吃驚症状のある私がどんなに驚いたか筆舌を越。その迅速さは、昔テレビで有ったアメリカの漫画『トムとジュリー』の映像さながら。数分後に猫は、畳屋さんに首根っこを捕まれ大人しくぶら提げられて外へ。

「嗚呼！恐かった！」多寡《たか》が猫。でも私は、その素早さが恐い。この時私は、座っていたから良かった。もし立っていたら吃驚転倒して狭い台所。頭をぶつけて大怪我をしていたと思う。これが本当の野良猫なら開いている玄関から入ってもご馳走を掠《かす》め取り、さっと出て行く。人がいるのに悠然と歩く筈無し。

猫っ可愛がりされ、躾も無。６時頃内装屋さんが来る。本立ての前とテレビの前の畳にシートを貼付。この日も大変！文章綴るゆとり無し。８月２２日リフォームセンターに電話。上からシート貼付の畳に段差。その端が固い。２３日午後内装屋さん約束。南区役所の市営住宅相談にも電話。相談員外出中。国立内科受診後午後行くと伝言。雨等で不可。帰宅途中南警察署のお巡りさんに呼び止められる。誰かの通報との事。親切故らしいが少々心外也。

真夜中の訪問者ムカデ

４月９日木曜日午前２時頃、浴室南側壁床から１ｍ７０ｃｍの所で体長７ｃｍ位のムカデを発見。薬剤噴射にて撃墜。４月２０日月曜日午後８時頃、南側居間布団、電気毛布の上（電源切）体長４センチ、幅２ｍｍ位　子ムカデ｛高校同窓会の写真に１時間位みとれて、ふと毛布を見て発見。薬剤にて殺虫｝。４月末日～５月初めベランダ前の草伸びる。草取りしていたＮさんに頼んでみる。快くＯＫ。ベランダの下も片づけ、薬剤散布してくれる。花壇造りしたいと言うので、承諾。彼女は、張り切って、片付け、草を取り，菜園造りに励む。お蔭で５月中は、ムカデの姿を見ないで終わる。

６月24日梅雨模様。高温多湿。朝、濡れ雑巾で柱のゴミを取る。手を洗う。右薬指チカっとする。怪我？石鹸で洗い。化膿止め塗布。昼食後床を拭こうと雑巾を取る。途端、４センチ位のムカデが逃。そこに在った殺虫剤噴射。気温高で動き大。缶を上から被せる。捕。７月３日午前２時、熟睡中体長６センチのムカデに右耳朶を咬まれる。大きな虫（熊蜂のようなものがいきなり耳を襲ってきた夢、夢中で払う。）右耳朶に激痛。目覚める。咬まれた！冷房のタイマーが切れた途端らしい。冷房を低く設定。冷凍庫で冷やしたおしぼりを咬傷に当てて横になる。翌朝布団の横でじっとしているムカデ発見。薬殺。その２・３日後かなり大きいのが出た記憶。旅行の準備に追われて記載を忘れる。この後夜は冷房を雨の多い高温多湿の７・８月は25度、９月と10月初めは、20度に設定して寝る。畳替えした翌日の10月８日午後１時頃掃除中本棚の傍でムカデの子発見。掃除機で吸い取る。

190 – 191

第9章
トラブル引き受け難し

トッポガラス落下事故。

平成１４年１２月のことだった私達夫婦が遅い朝食を摂ろうとしていた正にその瞬間。「ガチャン」と物凄い音。窓を見上げるとガラスの雨が降っている。驚いた私は、外に出る。窓の下に置いてあるトッポ（夫の車の愛称）はもろにガラスの洗礼を受けており、周りの地面も、沢山のガラスが飛び散っている。上を見ると４階の窓ガラスが割れ、大きな穴が、ポッカリ空いている、それは、高い窓。喧嘩だと判断。主人の指示で、ガラスを被った「トッポ」の写真を何枚か撮る。２Ｆの人が、ガラスの割れている家に行くように忠告。私が４階の家のベルを鳴らすと出て来たミセスＯは、非常に取り乱し、目を真っ赤に泣き腫らしている。私は、ガラスを片付ける様に頼む。彼女は、降りて来てガラスを拾いながら、その時は、「すみません」を連発。「後で何か有ったら言って下さい。」とまで言う。私達は、ショックで、その日は、呆然と過ごす。

さて２日後の昼下がり、主人と車で外出。明るい春の日差しの中で、車全体についた無数の小さいが深く抉った傷を発見。フロントガラスの隅にもひび割れ有り。三菱自動車工場に行く。フロントガラスは、ちいさなひび割れでもだんだん全体へと割れ目が広がって行き、運転不可となるから取替えなければならないとの事。

修理見積もり１８万。その見積書を私は、４Ｆへ。それから辛い日々が、始まる。主人の命令で４Ｆへ、請求の日参。居留守や「今お金が無いから、娘達に相談している」等の返事。この訪問、私は、自分がまるで高利貸にでもなったような気分。嫌でした。待っていても埒が開かず、車が、錆びる前にと、修理。修理代１５万払う。私は、３万安く済んだ事を知らそうと４Ｆに。しかし、何回訪れても出て来ない。あちこち公的な物に相談。弁護士さんに請求交渉委託。不可との事で調停を勧められる。６月裁判所にお願いする。

この頃、ミセスＯは積極的に　ご近所付き合いを始める。遊びに来た幼い孫と共に外へ。私達が、前から有った車の傷を上乗せて、不当に高いお金を請求。と言う噂でも流した…？？急に、ご近所の方が、私を避ける様になる。外に出る私は、かなりのストレス。この頃の日記には、よく転ぶ。御近所ストレスのせい？主人につい話し、怒られる。とある。棟の掃除の時、いじめに遭い、泣き崩れ、一時的に歩けなくなる。吃驚した相手が私を連れ帰る。今思えば「頚椎症悪化」の前触れ。主人も自力で立て無い事多く。私の負担大。

調停は、３回。１回目私達が、申し立て人として席に着いた途端、調停室の電話が鳴る。TELに出た調停員の受話器からミセスＯの一寸ハスキーな涙声が漏れる。かなりの長電話。

やがて調停員の質問。それは、私達が、ガラス落下に乗じて、前から傷物の車なのに、お金をたかっていると言う前提に基く物。心外なので抗弁。それが、なおも調停員の心象を悪化。今まで被害者だったのに、何時の間にか加害者？ミセスＯが欠席なので調停は、次回へ。　２回目も同様。但し相手方控え室に向かうミセスＯ姿有り。交互に調停室へ。主張食い違い。

不成立。

3回目ここで初めて申し立て人と相手側が同席する事になる筈。ところが、ミセスＯはいくら待っても現れない。調停員のお二人もミセスＯに同情的だった故に、不快に思われたのか、私達を気の毒がり、強制力のある　小額裁判を薦める。しかし、ガラスが落ちて５ヶ月。もう２人共疲れて、これ以上のストレスに耐えられず断念。調停も取り下げる。それから１年以上　ミセスＯは、私達にだけでなく、人目を避けるようになる。この事に関して、私達は、御近所の人には終始、一切漏らしてない。御近所の方達の私への態度は、元に戻る。ミセスＯとは、同じ入り口。時には、鉢合わせる。私は、彼女が返事しなくても挨拶の言葉を言う。ミセスＯは、町内会費を集める当番の時も我が家に来ない。私は、他の方を介して渡してもらう。翌、平成１５年、私は頚椎が完全にずれ、歩けなくなり手術。入院４ヶ月。退院してからの事、ミセスＯは、ご主人を伴って町内費を取り来る。私がガラスの事を何も言わないので、安心したらしい。彼女の心もやっと解ける。その後は、彼女と普通に挨拶を交わし、ゴミだしや重い荷物等を助けてくれるようになる。ミセスＯが引っ越してから３・４年経つ。争う事は、双方が、心の傷を受ける。心正しくしていれば、運命の神は、決して見捨てる事は無い。

平成16（２００４）年リハビリ入院

平成１５年9月４日国立にて頚椎手術。１１月６日療育センターリハビリ入院。１２月２６日退院。１６年１月末より身体介護でヘルパー依頼。初め買い物、雑用。３月より国立リハ通いも。

心配性で口やかましい主人。ヘルパーさんの来る日。早起き。待たせては、いけないと私を急き立てる。週２回のリハビリ、買い物。６時間付きっ切りのヘルパー。その２人が意気投合して私の歩き方 (左の内反）をいちいち注意。２人とも私の緊張症状に無理解。注意すれば内反転倒しないと思い込む。大変なストレス。7月には、追い詰められて私の心は、ボロボロ。それを救ってくれたのは、手術した整形の若い主治医。睡眠薬下さいと言う私に４週間だけならリハビリ入院可能と。その時ヘルパーさんが他の話を誘導して邪魔。(なぜかこのヘルパー、他科は、エスコートしないのに整形外科だけ受診室に入）余りにも辛すぎた私。主人の怒りの最中、差し出された蜘蛛の糸を掴もうと必死。翌日主治医と介護施設に泣きながら電話。別のヘルパーさんと共に受診。(半年前は、退院も１人、ヘルパーが付くまでの２週間は、単独行動。しかし何時の間にか１人で行動する自信を喪失。策士のヘルパーは、仲の悪い夫婦の間隙にも入）即入院。私は自由。リハビリ入院なので看護師さんの干渉無し。三食昼寝付きで午前も午後も訓練室。朝晩の広い敷地内を散歩。そして買い物。病院の売店で訓練。バランスとって立つ。小銭を取って貰う等の術を会得。１人で買い物の自信を付ける。平成 16 年夏とても幸せな 4 週間の入院。年の暮主人受診中に他の用事で偶々ケアマネージャーが来た時チャンス到来。邪魔なヘルパー断。その後も地獄を切り抜け、切り抜け、ますます私は、強くなる。 兄の病状悪化で上京するまでプライベートに心を割って話す友人無。でも公的な方々の理解を得て私は、幸せな人間。感謝。

介護保険ショートステイ利用契約

前日は、病院行。疲れて居眠り状態のまま朝を迎える。ケアマネージャーさんと老人ホームの職員が我が家を訪問の約束 1 時。午前中片付ける。ケアマネさんは、先に帰るが、介護職員は、3 時間。

とっても可愛い御嬢さんでつい気を許し、べらべらお喋り。パソコンの写真を開いて見せる。

丁度その時、住宅修理（風呂場、台所の電気）依頼していた業者が修理箇所を見に来る。私は、彼女に「写真見てて」と言って、業者さんと台所へ。10 分位、お部屋は、彼女 1 人。その後も彼女は、調子良く、私に合わせる。私と同様に夕焼け、朝焼け雲の写真に興味が有ると言う。携帯の日の出の写真を見せ、携帯から私のパソコンに入れる。私とメル友になろうと言い。私の携帯アドレスも見て登録。ただ帰る際、異常な位、忘れ物を気にして私にも部屋の中を見るように言う。その晩早速私は、彼女に返信メール。翌朝見るとエラー。英語なのでよく分からないが、too large と有るので多すぎたと思い、短くして、2回に分け翌日送信。またもエラー。そこで初めて疑惑、実は、火曜日の朝まで有ったラジオ（タバコの箱の大きさで薄型。短波、テレビの音も入る）が行方不明。探しても見つからない。まさか彼女が…？？もし携帯からもメールが出来なかったら、怪しい。悪利用されない内にアドレスを変えなければと思い、ソフトバンクに行き、彼女のアドレスを入れメールして届かなかったら、アドレス変更依頼。届いたと言うので安心して登録依頼。帰宅後見るとエラー。ショック。再トライ、やはりエラー。65年も生きているのにと、自分の軽率さを反省。故意に拒否されたと言う疑惑が湧く。特に携帯は、ソフトバンクの職員のテストメールには、一応送信できたのに、夜の私のお試し送信には、すぐにエラー。多分昼のテストメール以後迷惑設定。彼女は、私の家で調子に乗り過ぎた事を後悔。介護師さんは、多分個人的に利用者と密接に交際しては、いけない事になっているのではないかと思い至る。そこで迷惑設定。もしそうならその旨、断りメールを1回だけは、するべき…？消えたラジオが我が家の何処からか出てくる事を願うのみ。パソコンのアドレスが気になる。変えた方が良いか思案中。

介護保険認定6月8日

　雨の多い寒い今春、5月の終りから6月の始め暫く晴天が続くが、今大分湿度上昇。遅れている梅雨入り間近の感有り。相変わらず夜中浴室スノコの上に蛞蝓《なめくじ》出現。4日から捕虫器を置く。効果有り。私の5月は、最悪。65歳の誕生日を機に障害者の受給者証から介護保険に移行。その調査は、3月末日に有り。その結果要支援1。質問に対して、正直に工夫して時間をかけたら出来ると言った。出来るといっては、駄目らしい。大体認定調査なんておかしい。不自由さの判定が出来る筈がない。出来るか出来ないかは、やる気が有るか無いかに左右。聞きとりデータをコンピーターが判定。現実と違う判断が出ると思う。機械だから。要支援1では、いざと言う時困るので区分変更申請。要介護になると民間業者。先ず要支援担当員と業者のケアマネージャーの調査有り。再調査では、出来ない。困っていると言えと口酸っぱく言われる。凄いストレス。がんばれば何でも出来ると思い挑戦するのが私の元気の源。

再調査は、ケアマネージャーさんにリハビリの翌日の午前中は疲れているから午後を頼んだら、彼女曰く、「疲れて布団の敷きっぱなしのほうが良い」云々。調査員さんから「午前中都合が良いとの事なので、来週火曜日 11 時半に」との電話。「えっ都合が良いですって？嫌だぁー。ケアマネさんが嘘。」内心不快。勿論ＯＫ 。さてその火曜日早朝目覚める。人が来ると言うのに寝てられるわけ無し。11 時半掃除の余裕充分。これは、しろと言う事。布団も畳めないなんて、そんなの欺瞞。 大体前回の調査員さんに悪い。（役所で彼女に会い、要支援1と言ったら、彼女も驚き、再調査勧めてくれた）そこで掃除。ふとんは、半分ベランダに干す。ケアマネさんの言に従い、敷布団だけ部屋の隅に丸める。

調査員さんは、優しい方。ケアマネさんと一緒に何とか出来ないと言う私の返事を期待。その思い遣りがひしひしと伝わって来る。それでもやはり嘘は、嫌。正直に答える。

但し出来ると思っている事を否定しなければならない現実に何回も直面。私は、座る時不安定によろめく。これを転ぶとみなす事になる。「一日に何回？一ヶ月では？」立ち損なって何回もやり直す事多。全然気にして無い。私は自力で立てる。転んでも忘れる事にしている。だから元気に頑張る事ができる。「よろめく事が転倒なら一日 30 回以上、以上月にして 100 回」と返答。大体もともとの障害者と健常で年とられて足が悪くなられた方と同じ質問内容は、おかしいと思う。足を痛めた普通の方は、私の様に出来ないと思う。恐くて歩けないし、痛くて立てないだろう。調査は、凄いストレス。でも今回診断書をお願いした療育センターの医師が「ショートステイの出来る様に書いたよ。手術の時の診断書も付けて」とおっしゃる。感謝。結果は、一ヶ月後。天命を待ちましょう。

平成２２年８月介護保険利用断念

13 日晩方、流しを掴み損ね、転倒。冷蔵庫に頭をぶつけ、首と後頭部（多分僧帽筋）に痛。予約した２０日療育センターに行く。１週間で痛み完治。レントゲン異常無し。気になるのは、老人ホームの介護師さんの事。センターのコーディネーターに相談。彼曰く「メールアドレスを変えた方が良い。後であの時変えれば良かったと後悔しない様に」と忠告。国立リハ室に戻りがけソフトバンクに寄り、まず携帯メール変更完了。２１

日契約日の出来事パソコンで綴る。我が家での介護師さんとの顛末を印刷。ケアマネさんにファックス。老人ホームのキャンセル依頼。言われも無い中傷の恐れが有るのでパソコンの文章は、ケアマネさんの胸に留めてくれと記。そして介護保険利用中止を決意。介護保険認定その他で精神的に大いにダメージを受。このまま進んだらもっと悪い事に。ラジオ紛失は、その警告。

悪くなったらその時考えれば良い。私には、息子と優しい嫁がいる。危機的状況に陥ったら援助してくれる筈。病院は、骨折程度で入院させない、施設と繋がりを持って置く方がいざと言う時助かると言うケアマネさんの忠告。ご尤も。しかしネガティブ。ストレスが返って悪い状況を引き寄せる結果に･･･？？

区役所のこども家庭相談のO先生の顔が浮かぶ。主人との生活の中で心の支えになってくれた人。冷静で適切なアドバイスで助けて貰っている。但し社会的不安な御時勢。特に子供達の問題で超多忙。なかなか会えない。23 日月曜日朝電話。ラッキー！掛けた電話がいきなりO先生に。午後２時頃のアポイント。猛暑の中電動４輪車で区役所２階へ。相談室にてゆっくり話す。私が介護保険利用をストップし、民間の事業所のケアマネさんと分かれて、市の要支援包括センターに戻したい事。またパソコンアドレスを変えたいと言う決心に賛成下さり、私がまだ若く、元気だと激励。

勇気凜々。その足で隣の生涯学習センター１Ｆ地域包括支援センターへ。生憎《あいにく》最初の担当員は、外出中。電動を国立リハ室に預けて大急ぎで又行く。４時 50 分担当員は、私の預けた文章で状況を把握。てきぱきと「ケアマネさんが承知したら、包括に戻っても良い。ショートしたい施設は、自分でネットにて調べる様に。パソコンアドレス変更しなくても良い。老人ホームの介護職員は、もうメールをくれないだろう」と言。２４日火曜日朝ケアマネさんから電話。前日ファックスを読み。老人ホームの施設長に連絡。介護職員が休みなので今日事実確認。その施設長の電話待ち。夕方来訪するとの事。

ｐｍ４時～５時頃までケアマネさんと話す。まず彼女との契約打ち切りを。最初からタイミングが悪く、トラブル続き。もっと悪い事が起きない内に全てを断ち切りたいと言う。彼女も了承。気持ち良く別れられる。その間、彼女にＳ館の施設長からの電話。迷惑を掛けたから７時頃我が家にお詫びに来たいそうだ。嫌とも言えずOKする。問題の介護師さんからも私の携帯にTEL。「ゴメンナサイ。パソコンのメールを拒否設定していたのを知らなかった。これからは、メール大丈夫です」あっけらかんと真に明るい声。１週間前なら私も喜々として応答していただろう。

彼女との出会いを狂喜して、期待。メール拒否。疑惑。思い悩んで介護保険の全てストップの決断。心の整理が付いた時点での彼女のTEL。ショック。心が凍って、只「ハイ、ハイ」と答えるのみ。彼女は、良い人かも知れないが、施設長から事情を聞かれた後も私とメール交換？？私と同様に物事を簡単に考える性格らしい。調子乗って突っ走る人。彼女と付き合うのは、危険。

消えたラジオの警告。ケアマネさんが帰られた後、パソコンを開く。介護師さんからの「雲の写真送ります」とメール。吃驚。「嫌だぁ！」と拒否反応。どうしようと混乱。一応印刷。７時には、老人ホームの施設長が来る。始めての方の来訪。１人での対応に何とも言えない心細さを感じる。息子の嫁にTEL。「お母さん、大丈夫ですよ」と彼女。民生員さんにもTEL。彼は、気軽に「７時頃行きます」６時４０分過ぎに施設長訪問。背の高い誠実そうな若者。私の心を傷つけた事を謝罪。私も６５歳にもなるのに調子に乗った事を詫びる。職員と利用者との個人的な付き合いは、禁じているのでしょう？と聞くとそうだと言う。私は、「彼女には、タイミングが合わなかったので今は、全てを断ち切りましょう。メールでトラブった事を笑える時までさようならとお伝え下さい」と言って、彼女の携帯から送られた写真の印刷物２枚を彼に渡す。彼は、受け取るのを躊躇。私は、少々強引に押しつけた。彼が帰って、すぐ民生委員さんに電話するが間に合わずに無駄足させてしまう。申し訳ない。ニコニコして「何でも言って下さいよ」という言葉を残して、民生委員さんも去る。感謝。疲れた頭に彼女の写メールを施設長へ預けた事で今度は、私が介護職員の心を傷つけてしまったのでは…??? と言う後悔の念。

どうしよう？？？夜中削除していた彼女の写真を捜し出し、レイアウト。葉書に数枚印刷。それに私の写真も加えて施設長宛に手紙を書く。これに対し１週間後２人から返事を貰う。短文だが真心を感じる。それをノートに貼る。8月 26 日パソコンアドレスの変更。丁度リフォームセンターの工事有り。（アシスタント？）のＴさんにその集金に来るついでにお願いする。午後４時頃来訪。彼女は、ジェイコムにTEL。受話器片手にパソコン設定操作。なかなか複雑で面倒。感謝これで全てを断ち切り。心が軽くなる。残暑と言うより盛夏の９月、私は、昼寝の毎日。居眠り、板の間でゴロリ。半年振りにノンビリしながら、我が家での冬のサバイバルを模索。

我が家で寒いのは、台所、玄関、風呂場(トイレ)。贅沢だが台所にエアコンを風呂場に向けて設置したら…？ヒーターもそろそろ10年になる。危険時期かも??

電気代は、エアコンの方が安い。リフォームセンターのＴさんに相談。見積もりを頼む。掃除の事も思い至る。此の夏室外機の火災多発。居間のエアコンお掃除ロボ任せ。お掃除点検できるか聞いてみる。エアコンの品番は？と聞かれる。それを調べるために保証書のファイルを開く。中からボトリとラジオ。ビックリ仰天！「あったぁ！嬉しい！」でも一寸複雑。老人ホームの介護師さんを疑い、その事を他の人に喋った私。名誉毀損。ただただ恥じ入るばかり。しかし介護保険利用をストップした事もメールアドレスを変えた事も後悔していない。どうしても元気でいたい。それには、気儘が一番。マイペースで前進あるのみ。

第１０章

耐震工事と講座

４大学スクランブル講座

１５、１６日と続けてある講座の知らせは、北九大のダイレクトメール。去年も貰ったが遠いので行く気皆無。今年は、工事中にて五月蝿すぎる我が家。物凄いストレス。ふらっと外出も工事が入り口なので億劫。目的や計画の中にわが身を置く事に。応募。受講券届く。行く事決定。西日本展示場は、３５年以上前息子が小学生の頃物産展等で行った事が有る。それも主人の車が殆ど。一寸不安。講座の友人にエスコートを依頼。12月15日１時、モノレール小倉駅に彼女は、来てくれる。昼を食べていない私の菓子パン購入介助。頼んでいたバレエの券も受取る。感謝。通路途中階段有りで外へ。雨。彼女は、車椅子上の荷物のビニ―ル掛け、私のレインコート着用を助。有難う！郵便局の前を通。寒くないが雨脚激。大きな水溜り多。靴の中に水が入ったらアウト. 冷えて凍傷。用心！用心！この悪条件の行進。果てしなく感じる。「ベスト電器の向こう側よ」と言いながら彼女は、店内通り抜け誘導。大きな水溜りを避けて横断歩道を渡。目的地ゴール！モノレール駅から30分の行程。精も根も尽き果てた私。3Fの講座のある会議場前の広い通路で彼女が手早く濡れたビニール、レインコートを畳んで始末。本当に有難い。自分でやったら10分、20分費やす。其の時は、余力無。有難う！助かりました。彼女と別れて受付に向。振り返る。彼女が見守ってくれている。が､「ありがとう！」と手を振った途端バランス崩れ転倒。ああぁ！疲れ過ぎ！そして初めての場所故の緊張。

吃驚したのは、講座の世話係の職員さん達。3・4人駆けつけヘルプ。彼等の手に全てを委ねる。程なく私は、会場に着席。まだ息荒い。雨のせいか受講生は、少ない。北九大の講座での顔見知りの方がちらほら。1講義目は、九州歯科大学。う蝕・歯周病細菌に関する最近のトピックス。講師は、保健医療フロンティア科学分野吉田明弘先生。残念ながら私は、講義の間、殆ど眠り続けていた。トップバッターのせいかかなり緊張の様で言葉が聴き難く目覚めても内容が頭に留まらず、また新たな眠りの子守唄に。真に残念。休憩15分。鈍間の私。じっとしている。北九大の講座で見かける方数人と挨拶だけ交わす。いつも御世話になっている若い職員さんがわざわざ私の所に。彼とは、お喋り。来るのに大変過ぎた、この講座。彼の存在は、心強く感じる。その職員さんの紹介で始まった2講義目。講師北九州大学国際環境工学部情報メデア工学科の佐藤雅之先生。「目の錯覚、錯視」同じ絵柄の2枚の絵。色の付いている片方の絵の1点を30秒間じっと見詰める。それからもう1方を見ると色が見える。そんな事から始まった講義は、とても面白く感じる。講義中だけは、理解したつもり。覚えてなくても居眠り小母さんの私が充実した時を過ごせたという記憶だけで満足。

5時終了。私がアンケートに記述していると受講生は、いなくなる。職員さんの片付け開始。北九大の職員さんに帰り道を聞。彼は、駅に向う通路への2階出口までエスコート。小倉駅への標識あるから分かる筈と言って別。感謝。出口には、クリスマスツリー。夜の闇に覆われた正面は、美しいイルミネーション。目を奪われ、元気百倍。疲れ吹っ飛ぶ。カメラを出して夢中でシャッター。写真では、分らない煌く光の流れ、実に素晴らしい、光の芸術。心が躍り、洗われる。通路は、明るく。歩く人少。夜景が美しい。小倉駅も見える。

駅までファイト！レッツゴウ！途中から動く歩道有り。但し駅に向う方は、工事中。車椅子に掴って歩く私には、関係無。途中で「車椅子に乗って下さい。押します」と若い女性が声掛けてくる。「ノーサンキュウ」と断。寒いから歩いた方が良い。駅前。可愛いイルミが沢山。足は、だるいがまたカメラに夢中。この可愛い姿は、子供達が喜。この前で写真を撮る親子連、アベック多。駅。目の前は、階段。向って左には、スロープ有り。利用者が階段より多い。通路からの方向のせい…？人間の心理は、面白い。旅行バッグを引いて歩くのにスロープが良い。だが手ぶらの人も多。私も戻ってスロープへ。狭いのに乗降する人沢山。一寸大変。上って少し行くと前は、階段。横にエレベーター。南口、モノレールと書いて有る。下の障害者のマークのボタンを押。反応無。上のボタンを押す。下のボタンを押せとの声。今度は、扉が開。監視員さんが確認してからエレベーターが動くらしい。エレベーターで上に。正面は、駅。階段。エレベーターかスロープが有る筈。もう6時。お昼に買ったパンも食べてない。明日も講座。バテたくない。兎に角座って食事。

左側にある「ひまわりプラザ」に入。土産物店。コンビニ、パン屋。エスカレターの所に２Ｆのレストランの案内。エレベーターは、何処？？見当たらない。店員さんに聞。彼女は、奥へ。かなり待たされる。戻ってきた彼女の言うには。「エレベーターは、従業員用だけなのでガードマンさんが案内してくれるから待つように」と。警備員さんに導かれて奥の扉を出る。裏の通路。明るい店内とは、打って変わり暗。夜の冷たい空気が身にしみる。未知なる世界への冒険心が擽《くすぐ》られる。サスペンス映画で悪人からの逃走シーンみたいでワークワク。勿論警備員さんは、ゆっくりエスコート。私には、ハイペース。疲れた足には、一寸酷。通路の端のエレベーターで２Ｆ。同様の行進後、鉄の扉を警備員さんが開。無味乾燥の闇の世界から明るい店内に。そこには料理屋が並。警備員さんは、「食事が終ったら店の人に自分を呼ぶよう頼んで下さい」。と言って去。昼抜きの強行軍。講座は翌日も有。胃にやさしく体力をつく日本料理を頂いて再びガードマンさんとエレベーター３Ｆ。モノレール側に行きたいと言う私を彼は、そのままエスコート。ここと案内されたスロープは、「ひまわりプラザ」の横。目立たない。トイレと身障者のマーク。スロープの表示も有り。でも駅の階段が正面。そのスロープは右方向。友人が気付かなかったのも当然。かなり急なスロープ。私は、警備員さんについて行くので頭が一杯。急坂なので車椅子は、彼に任せ私は、手摺に。スロープを抜け出ると反対側にＪＲの改札口が見。見慣れた風景が広。警備員さんに「もう判ります。有難う御座いました」と言。感謝。

３日前の１２日、昼間アパートの耐震工事でガードマンさんの誘導でよく知っている場所(住んでいる棟の周り)の道無き道を歩。この夜は、道は、有るが暗い未知なる場所を歩。警備員さんと道行。何てエキサイティング！冒険は、楽し！翌日を考え、そのままモノレール。北方よりは、２時間かけて歩。タクシー代で美味しい食事をゲットできる。頑張る！

４大学スクランブル講座２日目

晴天ラッキー。この日は、１人。モノレール側からのトイレ表示のスロープ、監視付きのエレベーターを迷わず通過。人の多いスロープにて急坂を心配した親切な女性に車椅子を坂下まで預。私は、手摺に掴ってスロープを歩。一寸楽。感謝。通路よりの景色。青い空の下ビル群が明るい太陽を浴。その光輝いている様は、夜と趣を変えて美しい。一寸道草パチリ。夕べのイルミの可愛い人形達は、夜の光の魔力を失。雨や雪で汚れている。

私は、夕べ歩いた通路。覚えているつもりで進。まず左に。それから真っ直ぐ行けば良いのに。少し行ってまた左。「リーガロイヤルホテル」の前をどんどん先に。そろそろ西日本展示場に着く筈。

なのに、まだ…？？遠い…？？どうして…？？すると「ベスト電器の看板」。あれっ…？昨日「ベスト電器」の前から信号を渡った。通路の先を見ても展示場らしき物無。若者に聞。展示場は、戻ってかなり先。嗚呼ぁ！がっくり！一寸戻りまた中年女性に聞。彼女は、一緒に歩いてくれる。嬉しかった！やがて曲がり道。忘れていました！何とそこに歩く歩道有。記憶の帯が繋がった私。「そちら」と方向示す女性に「もう分かります。有難う御座いました」と丁寧にお礼を言。感謝。展示場３Ｆ会議場に２時１０分前到着。私は、前日同様疲労困憊で着席。
天気が良いせいか講義内容かわからないが２日目の方が受講する人が多い。この日も北九大の講座で顔見知りの方達数人と挨拶。３回目は、九州工業大学、講師は、粟生修司先生。「脳と生命に触発されたスマートシステム」「自然の知恵と人工の罠」。丸きり未知の分野で面白そうと大いに期待。
社会不安がもたらす脳障害、心身障害。不景気の前離婚が増など、グラフで説明に入ったところで私の脳は、快い午睡の中に。目覚めると終わりの挨拶。
あれぇー？？またも居眠り。勿体無し。最後は、産業医科大学の肺癌の最新治療。
私の母は、２５年前、兄は、６年前。２人共肺癌でこの世を去。その最後を母は、叔母達。兄は、友人達が看取ってくれた。母は、たった２週間しか入院していない。肺癌の事をその死の半年前に知。誰にも言わず。結核とのみ公言。「大丈夫よ」と受話器の向こうで元気な声でいつも笑。精神を病んでいる兄のため、ギリギリまで頑張った。母は、強。いよいよ限界の２週間前入院。母の肺癌を知り、おろおろする兄。薬、保証人等のため私の印鑑がいると電話。翌日私は新幹線で川崎市立病院へ。その時見舞った母は、やせ衰えていたが白髪は、少。トイレまで歩けと看護師さんから言われていると気丈にも私をエレベーターの前まで送。「気を付けてね」と笑顔で手を振る母をエレベーターの扉が遮。それが瞼《まぶた》に浮かぶ生前の母の最後の姿。葬式で見た母の顔に吃驚。黒かった髪の毛が真っ白。６６歳の実年齢より若く見えた母がたった２週間で９０歳のオウナに。病魔・癌と抗癌剤の副作用。いかに苦しんだかをその変貌が物語る。其の経験から兄の顔を見るのを躊躇した私。これまた吃驚。兄は、穏やかで悟りをひらいた仏様の顔に。母の頃より医学が進歩。兄は、手厚い看護と友情で長年の心の迷いがふっきれ、その最後を迎。安堵！！

さて講師は、産業医科大学第２外科・田中文啓先生。初期段階で見つけにくい肺癌。死亡率高。ここ３年で治療方法が大進歩。延命増。薬は、癌細胞のみを攻撃（従来の薬は、健康な細胞も破壊）。肺癌は、一人一人違うので遺伝子を調べてその人に適合する薬を投薬。副作用少。また手術でも３０～３５センチ開胸していたのが胸空鏡手術となり３、５センチ開けるだけで体力的負担少。翌日には、歩。入院７日程度。次々と語られて行く肺癌への新しい取り組み。熱意有る講師・お医者様の意気込みをもろに感じ。話に引き釣り込まれ、私の得意の居眠りは、陰を潜めた１時間半。とても短。半年の命と言われた母の頃とは違い肺癌は治る病気に。そう言えば3・４年前まで多かった頭にスカーフを被った患者さんを病院の売店や廊下で見かけなくなった。強い放射線を沢山浴びなくても良くなったのかしら…？？有意義な講座を有難う御座いました。

帰りは、イルミネーションや夜景を楽しみながら小倉駅に。道は、同じでも夜の方が遠く感じるのが常だがこの通路は、夜の方が近く感じる。多分美しい照明が道に変化を加。感動しながら歩くせいだろう。

さて駅。ひまわりプラザの従業員用エレベーターは、１回で懲り懲り。南口に行って食事をと、トイレマークのスロープをどんどん下る。トイレの前通過。あれ？行き止まり。そんな馬鹿な！　何回見ても自動販売機が２台有るだけ。何処にも道無。そこへ仕事着姿の女性。モノレール側に行きたいと言うと案内してくれる。かなり戻って急カーブの急坂。前日のガードマンさんと別れたスロープ出口まで彼女は、エスコート。助かりました。感謝。このスロープをこの後数回体験。最初に感じたよりかなり短。疲れた足で夢中でエスコートさんについて歩き、急坂で大変だった感覚が実際より長い坂として記憶されたらしい。この夜は、駅ビルで食事。買い物。モノレール北方駅より歩く。帰宅は、１１時過ぎに。

強行軍の２日間。何とか目的達成。ヤッター！大満足。冒険は、楽し！

耐震工事

ガァ－ガアー、キーキー、ゴーゴー。朝から大騒音。其の喧しい事。この上無し。アパートの入り口を掘り返し９月末から本格的工事始。工事の通達は、８月末。入り口なので足の悪い私は、脅威。１０年前外壁工事で車を窓の下に置けなくなった時、車まで数歩ながら歩いていた主人が車椅子乗車を余儀なくさせられ、３ヶ月経てその工事が終了後は、歩けなくなっていた。工事中体調を崩した人もいた様だ。入り口の耐震工事も終了は、１２月。主人の轍を踏んで身体の老化を加速させない様に心懸けたいと思う。

　9月12日講座と療育センター整形受診の朝。着替えの最中ドアを叩く音。入り口の工事の通達。工事の事を考え、ゴミ出しを早めに行っていた私。ついていない。いつも在宅しているのに。なるべく掘る前にでかけたい。大慌て。それでも支度に３０分。タクシーは、携帯で呼べば良い。兎に角外へ。各入り口に作業員とガードマンが数人ずつ作業の準備。慌しく動き回っている。ガードマンのエスコートで無事「山賊鍋」の前に。そこで携帯を。光って見えない。混乱。あれこれ押す。電源が切。長押し×。どうしても不可。（３ヶ月たった現在謎が解。節電故すぐ暗、手の不自由な私。いつものろい操作途中プッツンで見えなかった。）焦る。遅刻したくない。戻って警備員さんに依頼。電源が入らないと彼。厚かましく警備員さんの携帯でタクシーを呼んで貰う。何とか間に合ったが精神的混乱。

講座は、手塚治虫

　私の子供のころは、漫画は、低俗考。大人達は、漫画ばかり読んで勉強しない子供を憂慮。漫画は、くだらないと決め付けていた。息子の子供のころ（１９８０～９０年代）なると歴史漫画、科学漫画本が沢山発売。図書館にも優良図書として陳列。私は、息子のためによく借。息子の勉強、知識に少しは、役立ったかも…？？それが今や漫画は、芸術。文化遺産。大学で学問として講義。大いなる驚き。

手塚治虫の子供の頃の話を聞いて感受性豊かで素直で純粋過ぎ不遇な生涯を終えた兄に思いを馳せる。学歴重視の父や親類。兄には、東大に入る事を幼い頃から当然の様に要求。母は、仕事人間の父を「冷たい人」として幻滅。兄には、優しく情緒豊かな男性になる事を望。幼い私達兄妹を手塚治虫と同様宝塚によく連れて行ってくれた。あの華やかな舞台は今なお私の脳裏に焼きついている。もう１回観劇してみたい気持多。母曰くの「父親似の冷たい性格」の私。母の教育のお蔭で感受性豊かな人間となり自然の趣、物の哀れを感じる。毎日幸せを実感。私と違い兄は、幼き日に絵も習。賞を取。漫画を描くのが上手でマンガ新聞を作って私に読。もともと感受性の強い兄。母の情緒教育は、蛇足。真面目でよく勉強していた兄。高学歴のプレッシャーも蛇足。兄も芸術家や漫画家の道に進んでいたら、繊細な神経が壊れる事無く其の能力を発揮できたのでは、ないだろうか…？？手塚治虫の講座を受けてふとそんな思いにとらわれる。講座終了後歩いて国立病院へ。レストランでお昼。電動乗車。療育センター。整形外科２時半予約。その前に総看護師長さんのお部屋にお邪魔。ご多忙なのにいつも歓待して下さる。感謝。首のレントゲンは、去年と変化無し。嬉しい！工事終了６時まで時間たっぷり。役所へ。

役所のインフォメーションの女性と長話。彼女に遇ったのは、今年２回目。３・４年前は、よく彼女の仕事の邪魔をして色々聞いて貰った。今と違い友人や理解者がいなかった私。役所のこども家庭相談員を訪。相談員は、多忙。会えない事多。そんな時、インフォメーションの女性は、精神的お助けマン。今の幸せの陰に彼女の存在も有。市営住宅相談員さんにも８月の訪問の礼を言。この日は、まだ入り口の穴小。７時頃無事帰宅。この後工事２週間近く中断。９月末重機が入り、入り口を掘り始める。狭い通路に小さいとは言え、ブルドーザー２台、クレーン、トラック、作業車の１部分が居ながらにして窓から見える。何とも異様な経験。

9月２６日

　水曜日 am １０時半から講座、pm ３時３０分から療育センターリハビリ。私が出掛ける準備していると耳をつんざく物凄い音。“我が入り口を重機で掘るのが今日なの？嗚呼！ついていない！” 兎も角タクシーを呼んで外へ。恐い足場をふらつきながら叫ぶ。「出かけます。助けて下さい！」ガードマン２人が駆けつける。１人は、荷物。もう１人は、車椅子。狭い通路いっぱい作業車が塞。仕方がない。車椅子乗車。あっという間に道の端。荷物の様に運。みじめ。追いうちを掛けるガードマンの声。「おばあちゃん、何時に帰る？？」若者でさえ言われたくないこの言葉。私と同年輩の男性に言われた！ショック！嫌でも認めざる得ない状況下にて “お前は、よぼよぼで歩けない高齢者”との宣告。黙。もう１回「おばあちゃん…？」とくる。「６時過ぎ」とか細い声でやっと。工事終了後の私の帰宅予定に安心して男達は、作業現場の方へ。待機しているタクシー乗車。お馴染みの優しい運転手さん。しかし乗車中“おばあちゃんショック”は、不消。

講座は、「種々な文学、多様な芸術、色々な芸能」

この日は、アメリカ文学の特質。ベテラン教授によって語られる数々の文学小説。余り覚えてないが読んだ事が有る物もあり、興味深く拝聴。その間工事のストレスを忘。リハビリ後八百屋とセブンイレブン。缶詰やレトルト食品等冷蔵庫に入れなくてもよい食品購入。また慣れてない大穴のアパート入り口が恐い。工事終了の5時頃電動にて我が家の前に行きガードマンさんに鍵を渡し、買い物荷物を玄関に入れて貰う計画。だが最後に病院に戻って、電動を置き、歩いて帰宅する際恐い。近くの民生委員さんにエスコートを頼みたい。彼は、とても親切。しかし私の言葉への理解力乏。南区役所に行。市営住宅の相談員さんに民生委員さんに頼んでと依頼。相談員さんは、快諾。電話。しかし頼みの綱の民生委員さんは、ご病気で近く入院との事。あらら？自分で頑張るしかない。5時近し、電動にて一路我が家に。作業は、終。ガードマンさん達は、まだうろついている。絶好のタイミング。彼等2・3人で我が家の玄関に荷物を。閉錠して貰い、警備員の誘導で電動をUターン。病院でゆっくり1休さん。歩いて帰宅。坂道クリア。誰もいない。静かな夜。大穴の足場を車椅子に掴って渡。足場の端に車椅子が引っ掛かる。前輪を上。階段下到達。いつもなら車椅子を階段に面して置。荷物を階段に。コンクリート床端が切。狭。横に持って行。荷物床に。穴近くの転倒。×。慎重に考え、考え行動。無事帰宅。ヤッター。これで自信が付く。工事は、12月まで続。慣れるしかない。　“ガンバレー！智恵子！ファイト！”

『arc16号』と耐震工事

講座終了後モノレールにて喜久屋とくまざわ書店に『arc/16』を見に行く。喜久屋書店は、ちんまりと。しかも天皇の歴史の陰に３冊。もしかしたら２冊売れた…？？くまざわ書店は、果して…？？ここは、書棚の前に堂々と。ポップも健在也。あれー？本が増えている。１５冊以上有る…？？売れているのかしら…？？おおいに期待。

帰りの夜道雨に遭遇。北方高速道路下にてビニール装備。歩いていて暑かったので薄着の上にレインコート。かなりの雨。左肩が冷たい。時々自転車に乗る人達と行き交う。皆大急ぎ。有り難迷惑のご親切の心配無し。楽。団地の「山賊鍋の急坂」を登ってヤレヤレ。

あらら！行く手を塞ぐ車が棟の前。しかも私の入り口。雨を避。隣の入り口で待機。耐震工事中の仮足場。足元悪。待つ事数分。長かった！まだまだ試練。我が家の階段下狭。そこで濡れたビニール。中から荷物出し、１つ１つ階段に。何とか帰宅。バンザーイ。日曜日の午後より冷えたらしく鼻かぜ。気分は、悪くない。鼻水スタンスタンには、往生。寝るしかない。水曜日は、受診と講座。まだまだ続く工事頑張ろう！

耐震工事完成。

工事現場の中で生活した３ヶ月。凄い経験。病院受診日の１２月１２日、ミキサー車がコンクリート注入中で止められないとの事で棟のベランダ側を回らされた。車椅子に掴り、ガードマンの誘導でホースをいくつも跨ぎ、棟の横に。柵が有りその前には、側溝。人１人やっと通る幅。車椅子の片方のタイヤは、側溝の中で空を切。ガードマンさんが支えているとは言え、ハラハラ、ドキドキ。

その外も凸凹の地面狭く、側溝ぎりぎり。車椅子の手摺を掴み道なき道を誘導するガードマンさんは、ゆっくりのつもり。私には、早過ぎる。たったＩ回りだが山登りした気分。

その外最終段階は、入り口内部。仮足場に段差。途中まで手摺無。吃驚転倒の私。よくぞ頑張れたと思う。おばあちゃんと言ったガードマンさんには、本当にお世話になった。工事が有るなんて予想もしていなかったが、訓練での手つなぎ歩きが大いに役立ったと実感。工事も大いなるリハビリ。私にとって大冒険。私は、負けない。これからも頑張るのみ。

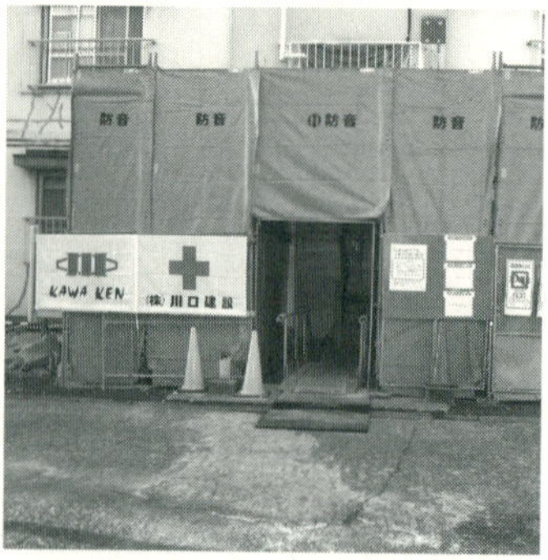

220 - 221

北九大最後の講座

「核兵器の記憶」のラストデイ。長崎に落とされた原爆が小倉に落とされる筈だった。

これを最初に聞いたのは、息子から。子供のころ、原爆症で苦しんでいる方々の事を時たまニュースで聞いた。学校では、教わっていない。辛すぎる話題に大人達は、口を閉ざしていた。

原爆投下断念は、小倉が曇っていたからと息子に聞。しかし視界が悪かったのは、前日の八幡空襲の煙のせいらしい。八幡の空襲の犠牲者の事を考えると小倉は、運が良かった等と簡単に言えないと講師達は、語る。１２月１日の講座では、小倉は、２度もターゲットを免れたとある。８月６日広島がダメなら小倉。広島に投下実行。９日は、小倉が標的。弾倉開。最終段階で目視での投下指示。投下寸前。ターゲットの小倉陸軍造兵廠が靄って見えない。燃料が残り少。急遽長崎へ。投下。色々の偶然が重なって原爆が落とされなかった小倉。講師は、小学生達にもし小倉に原爆が落とされていたら君達は、この世に存在してないと語っていると言う。年を重ねている受講生達にもこの言葉は、深く受け止められる。昭和２０年８月のそれぞれの家族に思いを寄せ、自分の存在を考。その時点では、小倉生まれでない私。傍観者。後で小倉に原爆が落とされていたら私の運命も違っていた事に気付く。

岡垣町の孤児施設や主人の遠賀町の実家から自立して私達夫婦が昭和４５年小倉に居を構えたのは、小倉在住の主人の従姉弟がエアコン設置の会社を説立。事務員として主人を呼んでくれたから。もし原爆投下で従姉弟達の存在が否定されていたら、私達は、小倉に来ていない。この後の４３年間が全く異質な物になっている。その生活は、全く想像の域を越。私は、遠賀町や岡垣町で過ごした自分を振り返る。一生懸命馴染もうとした健気な自分が哀れに思える。言葉、価値観、環境が余りにも違い過ぎ。５年で限界。私は、小倉が都会過ぎず、田舎では無く、山有り、海有り、そこに住む人々の気風が大好き。あらためて私も小倉に原爆投下されなかった事を深く、深く受け止めたい。残念ながら従姉弟の会社は、軌道に乗りかけたが半年で倒産、その後主人は、タクシーの配車係、プラスチックの彫刻等をする。

　講座終了後モノレール駅に。モノレール小倉駅から４大学スクランブル講座のある西日本展示場に下見に行くつもり。ｐｍ３時半駅で財布の無いのに気付く。朝タクシー車内で財布を出した。それ以外は、出してない。携帯でタクシー会社に連絡。係の女性が財布は、タクシー。運転手さんが持っていると話す。モノレール競馬場駅改札口に持って来てくださいと頼む。今お客さんをのせている。30分位かかるが良いかという。承諾。30分、1時間、じっと待っている内に身体が冷え込んでくる。家に帰りたくなる。5時近くなりタクシー会社に何回も電話.中々繋がらない。やっとタクシー乗車。財布も我が手に。感謝。運転手さんは、財布にすぐ気付き、大学に入り、私を探し追いかけ、学生さんに聞いてくれたと言。私は、多分エレベーターの中。モノレール競馬場前にも来たと言う。改札に居ても車を離れられないから×。ご尤も。全て私が悪い。

西日本展示場の下見は、行くなと言う事。（２ヶ月半後の現在。この地に展示場に３回訪。結果的にこの日の下見。１人では、困難過ぎたと思う）。早く諦め。大学の朝降りた所でタクシーを待つか、歩いて帰宅してタクシーを待つべきだった。いずれにしろ財布が戻って、ラッキー！運転手さんに大感謝。平成 24 年の外出時に歩かないで帰宅は、ズッコケ日のこの日だけ。

財布ショックは、歯科医夫人のピアノによって救済

１２月２日日曜日午後２時からの小倉北区音楽祭に行く。場所は、「ムーブ」。高速道路下のバスが便利。バスの時間を予めバスセンターにTEL。聞。このバスは、都市高速を通るので速。但しバス停の歩道が高い。いつもは、時間が近づくと車道に降りて待機。この時は、車が多過ぎビビリ、歩道で待。手を振ったので運転手さんは、降りて来て、いきなり車椅子をバスへと。歩道からバスまで１メーター。私は、抱えられた車椅子の取手を掴んだまま車道に降。バスの横にいた女性の手を夢中で掴む。何とかバランスを保。バス乗車。バス発車後も一瞬の恐怖心残。降車の際は、運転手さんが歩道に上がるのもエスコート。去年の北区民音楽祭の時は、歯医者さんがピアニストの奥様が出演するからと入場券を下さった。芸術性が高く感動。確か今頃とネットにて検索。歯医者さんにも携帯メールで確認。今年は、用事で行けないが受付で名前を言う様に。先生より返信。

「ムーブ」の会場で入場券の配慮有。先生の奥様のピアノのテクニックの素晴らしさは、期待以上。伴奏というより歌い手との協奏。歌とピアノが一体になって相乗効果。正に巧みな音の芸術。感動。

バスは、恐い！帰りは、小倉駅まで行こうと歩き出す。方向音痴の私。親切そうな女性に確認。あら！まぁ！反対方向…？？宵闇が迫。尻尾巻いて一寸戻り「ムーブ」前からタクシー乗車。小倉駅にて夕食、買い物。イルミネーションを楽しむ。カメラでパチリ。モノレールで北方。夜道も慣れ、パチンコ屋の手前の道を歩。学生さんのアパートが在。適当に人が通る。帰宅午後１１時頃。

1月12日上天気

この冬を何とか乗り切るため外出目標に苦慮。市政だよりであちこち模索。1月20日の「口の中から分る健康状態」という歯科大の講座にTELで応募。OK。去年付き合ってくれた講座の友人。彼女は、働いている。土曜日を私に。今年は、大学生の息子さんが就職説明会のため突然帰って来るので×。自分で頑張るしかない。講座のある国際会議場に下見に。出掛ける前にバスセンターにTEL。国際会議場には、小倉駅で乗り換えなければならない。バス停とバス停の中間点に位置。と聞。乗り換えは、大変。歩く事に。バスで小倉駅。駅の3階の通路。片隅のスロープ（障害者のトイレのマークで気付き難い）、エレベーターは、荷物用の外観。一々警備員に知らせる。許可を得て始めてエレベーターを使用。駅を出ると階段と急なスロープ。このスロープは、位置的条件により利用者多。西日本展示場、ホテル、マンガミュージアム等に向う長い通路には、動く歩道等有り。其の横を西日本展示場、国際会議場の表示を見ながら景色を楽。カメラでパチリ。記憶より遠い。12月に4大学のスクラム講座のあった展示場AIMビルの入り口で国際会議場は、さらに先。道路の向かい側と聞。どっと疲れが。引き返す事に。座りたい！荷物を膝の上に載。車椅子に座。じっとしているのも勿体ない。ボツボツ漕ぐ。その動きは、亀の如し。AIMビルの入り口前から端まで30分。夕景色を大いに堪能。足の疲れとれる。歩いて駅ビル。蕎麦屋にて栄養満点の夕食。買い物。モノレール。美しい星空の下北方から休み休み歩いて帰宅。久しぶりに暴走族を目撃。凄い騒音。寒いのにご苦労な事。「満足感、達成感なら私だって、負けませんよーだ」

２０日は、バスで小倉駅に行き、そこからタクシーで会場に。と言う計画。冒険は、楽し。

シンポジウム「グローバル社会と日本」
リーガロイヤルホテル

寒気居座る。この日も雪の予報。前日いつもの様に西鉄バスセンターに℡。バスの時間を把握。シンポジウムは、2時から5時半まで。ホテルは、小倉駅の前。兎も角小倉駅に行こう。空気が冷。お腹がスースー。歩くのに厚着は、×。重くて疲労。１２日の下見で懲。お腹にスカーフを。若者は、思い思いに斬新な格好。よき時代也。３８番11時３４分のバスにと出来るだけ急ぐ。バス通りに続く長い坂道。智恵子！転ぶな！ガンバレ！ 20分到着。ゆとり。バス停に２人の女性。私より年上の感じ。会釈。

車椅子に「リハビリのため自分で乗降。車椅子だけ御願いします」と「リハビリ中お先にどうぞ」の札をぶら提げていると目の前にバス。女性２人が「⑤番よ」と私に。乗るかどうか尋。乗る事に。先に乗った１人が運転手さんに頼みに行き。もう一人が運転手さんの上げた車椅子を私の傍に。感謝。バスに乗るとすぐ雪。かなり多。１０分以上バス停にじっとしていたら冷え込む。ラッキー！平和通りバス停。運転手さんは、車椅子を降。私に気遣い見せずさっとバスに。先週の運転手さんと同様。彼のサービスは、一緒に乗った二人の女性の温かいお気持のお蔭。感謝。雪は、殆ど止んでいる。またまたラッキー！ときたま雪が舞う中小倉駅へ。時間は、たっぷり。何処かでお昼。何となく物色。疲れ過ぎるとまた居眠り。勿体無い。いつものスロープを抜け。北口。ひまわりプラザ。入。パン屋。椅子とテーブル有。でもセルフ。混んでいる。×。エレベーター１F。外に。ここで悪い癖。この前と違う道を行きたくなる。左に。ぐるり回ってKMMビル入。地下1F喫茶店キーコーヒーも中華店もお休み。残念！戻って１F綺麗なおトイレ。一寸拝借。１Fの和装店だけ開。ガラス越しのきらびやかな着物が美しい。私と同年輩の女性が４・５人テーブルを囲んでいる。着付け教室かしら？方向音痴の私。聞く事に。ガラス越しに手を合わせる。

「リーガロイヤルホテル」は、お隣です」店員さんは、とても丁寧。指差す出口の向かい側が目的地。１時１０分。先週入りたかった豪奢なドアの中へ。小倉駅に来て１時間もウロウロ。でも楽しい彷徨。フロントにて４Ｆ会場と２Ｆ軽食の出来る所を聞。結婚式場の有るホテル。素敵！隅っこに軽食コーナー。コルベーユ。セルフサービス。高そう！食べないとばてる。ケーキ１つでも良い。カウンターの男性に「何か簡単に食べられる物有りますか？」問。

サンドイッチが有るとの返事。店の中は、数段降。真ん中にスロープ設置。幅狭く急。男性のエスコートでテーブルに。テーブルも椅子も高級観漂う。客層は、老若男女様々。

サンドイッチとホットミルク。ポテトチップ添。美味。少々多過ぎた筈が残したのは、ポテトチップのみ。恐怖の会計。えっ？２０００円でおつりがたった３７円…？？サービス料が１７０円と言う事は、サンドイッチ１２００円とホットミルク５００円で１７００円。その１割がサービス料。プラス消費税９３円。軽い財布が一層軽。大いに勉強。良き体験也。１時４０分過ぎ４階へ。降りた所で階を間違えたと慌てふためく美しき花嫁の１行に遭遇。長いドレスの裾を持ちＵターン。ご苦労な事。内掛けでなく良かったと思う。其の花嫁の向こうにいつも北九大の講座でお世話になっている職員の若き顔有り。彼も明後日ここで結婚式を挙げるそうだ。幸せ一杯の彼にエスコートされ受付、会場、最前列の右端のテーブル。何となく見覚えのある職員さんがテーブルを動。車椅子も収まる。目の前の壇上には、美しい豪華な花一杯の大きな花瓶。私の横のテーブルは、シンポジウムに出演のゲストらしい正装した女性達。先週の国際会議場の講師のお顔が見えなかった最後列とは、大違い。特等席。ラッキー！

北九大の学長さん、理事長、副学長の挨拶。戦後米英、中国語学科からスタートした北九大の歴史。昨年グロ―バル世界に役立つ若者を育成する大学として文科省の認可を受け、助成金が出た等の説明。

国際基督大学の学長さんの公演。基督大学も創立６０周年。年２回４月入学と留学生、帰国子女を対象に１０月入学有り。外国に通用する人材とは、幅広い統合力。一生学び続ける事。思い込みを取り除く。多様な我慢。多様な言語力。重要。パネルディスカッションには、北九大学長。基督大学学長。香港貿易発展局日本主席代表の女性。内閣官房医療イノベーション推進室次長。グローバル日本の未来を目指し果敢に頑張っている女子大生１人が参加。

司会は、北九大女性教授。色々貴重な意見が出されていたが香港貿易局の女性の意見には、重みを感じる。今日纏まったと思った商談が明日破棄。こういうことはしょっちゅう。それに対する予知、予見、洞察力を見に付け、どんな変化にも対応できる判断力が求。それには、そこの歴史、文化に精通し理解する事が重要。普段から色々な人々とコミュニケーションを。仲良くするということ。

信用を得。情報を貰い。対応能力を見につける。留学に際して危機管理。シュミュレーションで体験を。等など。これで一杯。乏しい私の理解力！残念！それでも面白い２時間半。瞬く間に過。言われている事は、外国でなくても生きていく為に重要な事だと思う。感想文を書いていると会場の片付けが始。北九大の職員の若者が２Ｆ入り口まで送ってくれる。気安い人柄。私は、一人べらべら喋る。明後日の彼の結婚。これからの彼の人生幸多祈。

ホテルの窓から見えた木々の積雪。通路に出ると雪は、風に舞う程度。駅は、目の前。人の多いスロープ。監視員付きエレベーター。トイレマークのスロープの急カーブ急斜面。慣れると近い。兎も角買い物。そそっかしい私。出掛けに張り切り過ぎて中身補充忘。駅ビル地下。財布と相談しながらの買い物。ホテルでサンドイッチを沢山頂。味覚視覚ムードで満腹。お腹が空かない。夕食にお弁当購入。残りでモノレール代。ピッタリ。スリル満点。これまた楽し。雪が止んだ事を感謝しながらの２時間。歩いて無事帰宅。ヤッター！

ワールドリポート・日韓米の多文化の共生

講座は、１時半に開始。会場ムーブを通るバス停は、八重洲団地入り口。一寸遠い。途中でバスを見送る。１２時４０分。次は、１時２０分。一瞬タクシーで城野に行き、JR と考。

ここのバスは、都市高速を通る。１０分でムーブに着。ウロウロしても到着時間は、一緒。乗り換えは、時間ロス。きっとバスの方が速い。少々風は、冷たいが 30 分待つ事に。暖かい日差しの下でのんびり。これも楽し！１時１０分頃から１人２人バス停に集。1時20分私は、７・８メーター離れた車道へのスロープに待機。数分遅れてきたバス。親切な運転手さんが来る前に乗客の中年男性が車椅子を車内に。それでも運転手さんは、私のところに来て、確認。行き先を聞。降車の際先程の男性が車椅子。運転手さんは、私の下車を助。御２人に感謝！

会場では、韓国の仁川市の発展局院院長の講義中。同時通訳のスピーカーが貸与され世話人さんが私の耳に。１番後ろで講師の顔は、見えないが耳元で通訳者の声がワンワン。お得意の居眠りは、無理。

韓国は、箪１民族社会で外国人が自分達の生活を侵害すると考え、異文化、外国人を差別、排除。差別をなくすための公的法整備は、かなり進。

次が日系２世のアメリカ女性。JETプログラム国際交流員。現在岡垣町で活動。アメリカは、横社会。違う事が良いと教育。公民法により人種、男女、宗教等で就職採用における差別を禁。上下の差別無。実力重視。最後が明治学院国際学部准教授。彼女は、アジア女性交流・研究フォーラム客員研究員。

日本は、在留外国人を管理重視。２０１２年からやっと外国人登録がなくなる。国は、地方に丸投げ。多文化共生は、地方が頑張っている。３人の方のリポート。他文化を理解してお互いに認め、尊重し合う。共生。その共生には、民間だけで無く法整備が重要と言う事。

４時終了後ぶらぶら写真を撮りながら、２時間歩。足は、悲鳴を上げているのに暖かい夕方。綺麗な景色についもう１枚パチリ。京町商店街。「一丁目の元気で」一休さん。ぜんざいを食。その美味しい事！去年講座の友人の案内で入った店。

この店で障害者によく出遇う。聞けば障害者の製作品を販売する市の指定業者。話した彼女は、店長。私の本が完成したら数冊置いてくれと頼んでみる。彼女が見てからの条件付で OK。幸先良し。また歩き小倉駅。休んでモノレール。８時１０分発の車両。白人の若者多。城野駅と北方駅でゾロゾロ降車。

彼等は、多分学生。白人の若者は、皆素敵。中に白雪姫宛らのお嬢さんがいる。小さなハート型の顔。金髪。雪のような白い肌。大きな青い目。まるで女優かお人形さんみたい。美しい！但し皆ゆったり座。長い足を組んだり、白い足を広げたり。大声で話。流石に白い足こそ見えないが男性も御同様。これが他人を気にしない文化…？？共生なの？面白い！行儀に五月蝿い日本人なら眉を顰める。H な男性なら喜ぶ。皆さん！日本での生活を大いにエンジョイして恙無いご帰国を。私も北方から休み、休み歩いて恙無く１０時帰宅。道は、迷わなかったが延べにして５時間歩。翌日足がだるい。ゆっくり休んで老化に歯止めをかけるつもり。

過去の呪縛

生憎の雨。講座は、「東アジアの王朝文化」一回目韓国。学識者中心。５百年続いた王朝記録残し世界遺産。朝鮮王朝は、朱子学の「人間平等、人間開放」の理念を達成。民権も成長。学者の合議でずっと運営。所謂封建主義では、無い。国民全てが歴史の中で王様と関わり、それを誇りとしている。人々は、努力すれば上の身分、聖人なれる。理を持。自分を磨く為勉強。個人個人が自己主張、皆自分が偉いと思っている国民。本気で喧嘩後仲良しになる。本音を出さず曖昧の中で妥協し謙譲を重んじる日本人とは異質。日本とは、過去の思いこみ。呪縛を捨。理解し合い。お互いの良いところを学んで仲良くするべしと言う講義。

講座後女性が講師と会話。多分戦前の教育を受けていた方。自己主張は、難。自分に自信が持てない様な事を言われていた。一般的日本人の概念として…？？

戦後の教育を受けた私の世代は、一寸違う。そして若者達は、もっと変化。土地柄も有。昭和４０年２１歳で遠賀川の農家に嫁いだ私は、女性の地位の低さと人種差別が残っているのに驚。私の実家の在った川崎市は、工場地帯。戦前動員された朝鮮の方が沢山。帰化されている方も多。共に机を並べた人もいた筈だが私は、知らない。誰もそんな事を問題視してなかった。部落民の差別も主人の実家では…？？私は、それが島崎藤村の「破戒」の世界。過去の事だと思っていたのに。その後２０年位この種の同和問題は、小倉でも続。最近の市の広報誌の内容は、高齢者、身障者への思いやりに移行。人々の意識が変化した証拠。子供達には、さらに偏見の無い正しい目を養って欲しいと思う。ご講義有難う御座いました。

5月２６日土曜日　北九大市民講座

この頃生活リズム最悪。外出後汗。入浴かシャワー。服を着ながら眠。冷蔵庫を開け食品を手にしたまま数分こっくり。食事、歯磨きも然り。トイレに座しても。何処でも居眠り。目覚めると外は、薄明るい。それから布団に潜り込む。８時近く一応目覚める。ゴミの日。来客予定日起。それ以外昼中寝。やっと晩方覚醒。雑用。布団に入るのは、翌日の朝方。

講座は、９時半始。前夜は、早く寝たい。しかし牛乳こぼす等ハプニング。寝るのは、真夜中過ぎ。６時半起。テレ子の私。大忙し。その間ハプニング。雑用増。

９時１５分タクシー。此の日も「北九州大学へ」と言うと聞き返される。勝手に思い込んで病院の方に行くよりましだが…？？思い込みと言えば車椅子。タクシーに乗車前私は、車椅子の後ろに立。歩いて乗車。降車時運転手さんは、私が座る様に車椅子を用意。バッグ２つの置き場に混迷。

「向きが反対。荷物を座席にと」言。まだ戸惑う。私が自分で行動開始。やっと理解。手伝ってくれる。こんな運転手さんが殆ど。車椅子は、座る物。固定観念。「なんと発想の乏しさよ！実に面白い！」９時20分教室に。間に合った！いつもの様に職員さんがリード。助かる。入り口近くの前席。後ろの男性が折り畳み椅子を抑えてくれる。感謝。

教授は、若い。多分息子の世代。今年は、息子の世代の色んな分野の先生に会。団塊の世代が定年退職。世代交代…？？若造だった息子も世の中の第一線で責任を担う歳になったらしい。教授が開口１番「どんな授業も３回目になると空席が増えて来ます」と言。笑いが満場。この講座の定員50名。数えた訳ではないが、１回目、２回目は、６・７０名超の感触。講座は、「科学の目で見る宇宙」私は、物事を感覚的に捉える。星が綺麗と言う風に。科学は、苦手。しかし学ぶ事は、楽しい。１回目は、「日食と宇宙の天気」。講義中は、私も理解。２回目は、「もう１つの宇宙を探そう」。惑星、恒星の出来方等。此の日は、完全に寝不足の私。睡魔。先生ゴメンナサイ。高校時代も物理、化学、生物の授業。居眠りの常習犯。試験の前日丸暗記。何とか及第。50年経てその暗記の記憶は、皆無。しかし学ぶ事は、楽しい。

３回目は、宇宙の距離の測り方。数個の人工衛星に信号を送り、帰ってきたそれらの時間差を使って、光の速度より計算等。かなり難。アインシュタインの相対性理論まで出て来る。これは、科学で無く物理…？？真剣に聴。講義中のみ理解。２講座目の「環境問題」が終ると１時。売店でお弁当を買。休憩室のテーブルに。数人の学生が勉強かお喋り。隅のテーブルに私と同世代の女性が読書。確か先週も見。私は、昼食後宛名を印刷してきた葉書書き。眠くなり居眠り。ゆっくりした静かな空間を満喫。

６時１０分北九大出発

自衛隊官舎上空に飛行機雲。綺麗。カメラ。パチリ。葉書ポスト投函目的で信号渡。青い空に北九州高校の広孫樹の木々の緑が映。振り返ると西の空の夕焼け。燃える太陽。夢中でシャッター。空の視界は、自衛隊側の方が広。警察署の所で信号を渡。夕焼け雲が赤、オレンジ、ピンクと移り行く様を立ち止まって鑑賞。そしてカメラ。信号。企救《きく》中学校。横の高速道路を見上げる。夕闇が迫。オレンジのライト。そらはまだ空色。ピンクの雲がぽっかり。仕舞ったカメラを取り出していると両松葉杖の少年が車椅子上の「リハビリ中お先にどうぞ」じっと見て横を通。写真を撮。今度は、私が携帯か何かを扱っている彼を追い越す。急に咽喉が渇。停。ごそごそ車椅子上の水を探。松葉杖の少年が追い越し乍「大丈夫ですか？」と尋。「大丈夫よ。頑張ってね」と、笑顔で返答。水を飲。前を行く彼。またも停。同じ動作。追い越す。何をしているか興味。我慢。一気に歩。「権ヶ迫池」の信号は、赤。少年が追い着く。赤信号が変わる直前。彼は、渡。あら？まあと一瞬。青。私も渡。もう彼は、停。同じ動作。横を通って私は、一回も振り返らず「権ヶ迫池」の横の道を歩。再び彼に会う事無。彼は、時間か距離か脈を計測していたのかもしれない。謎。近所の公道で１人歩く障害者。珍。頑張って欲しい。団地上がる急坂で葉書投函を失念していた事に気付く。わざわざ自衛隊側から北九州高校側に信号を渡ったのに。ポストの手前の警察署の信号で自衛隊側に。山賊鍋の急坂を調子良く登。我が家が在る４棟は、目の前。明日は、バテてる。このままポストまで行こう。２棟の横の長い坂道。久しぶり。こんなに急だったかしら？手のブレーキに力を混入。団地下のポスト投函。ポトン。収集後で空っぽ？このポストは、赤い。カッコイイ。４０年前引っ越して来た時のまま。利用者が少。ずっと収集回数が少。民営化してからは、他と同。夜なので白線を引いた右端を通ろうと渡。信号待ちの車の助手席の女性が「お手伝いしなくて大丈夫ですか？」と声を。笑顔で「大丈夫です。有難う御座います」と返答。坂は､登りの方が楽。しかし長。疲労。ここで転びたくない。頑張る。３棟と４棟と間まで帰。

私の家と同じ入り口の４階の女性と遇。「こんばんは」と挨拶。答は、「夜買い物に行かない方が良い」と。思わず「買い物には、行ってない」と返事。別れて、私が４棟の横を歩。彼女が戻って来、「夜は、出らん方が良い。昼間…」とまた言。そのままスタスタ隣の入り口に。勢いよく階段を上。私が自分の家の階段下で荷物を下ろしていると彼女が帰。「間違えて隣の入り口に入。（何だ！）と男の人に怒鳴られた」と話。「お気を付けて！」答える。私が家の中に入ってからまたも階段を降りる彼女の足音。帰って来た足音も聞。丁度買い物をしてきた頃合。他人の事でどうでも良いが、私を注意した彼女は、自分が買い物へ。お財布か何か忘。慌てて隣の入り口。間違いに気付かず自宅と同じ４階に。鍵をガチャガチャしてその家の住人に怒られたと推測。時々夜彼女の足音を聞。夜出ない方が良いのは、彼女も一緒。危険は、昼間でも家の中でも潜《ひそ》む。その人の運次第。同じ屋根の下に住。１人暮らしの気侭な身分。お互いの無事を祈。但し干渉は、しない方が良い。

「発展途上国の環境」と星の一生

もう１週間経過。ますます日々過ぎるのが早。我が動き遅の感有。5月31日療育センターリハ。

昨日は、昼休養。夜雑用。疲れが取れていない。此の日の星の一生。約137億年前宇宙のはじまり。この宇宙講座の時間、距離、速度。それらの数字は、とてつもなく大。アインシュタインや天文学者たちがよくも計算したもの。こんな大きな事を考えていたらちっぽけな地球。ゴマ粒より小さな人間。その生命も僅か数秒も無い。人間同士、国どうし争うなんて馬鹿らしく思える。睡魔に襲われ乍講義を拝聴。講義中のみ理解した様な錯覚。今までの講義で心に留めているのは、太陽の黒点が減、活動が弱まってきている。ＣＯ２の地球温暖化で削減が叫ばれているが太陽のエネルギーが弱くなった時は、CO2が沢山有った方が…？？の話。11時からの「発展途上国の環境」の問題は、留学生の自国の紹介。英語が主。教授が通訳。３回目のこの日は、ベトナム。何と５人も。民族衣装を着た綺麗な若き女性４人と大人しそうな男性。発表は、２人が英語。３人が日本語。通訳は、彼女達自身で。自分達が作ったというドライフルーツを聴講者に。干し葡萄に似て美味。この華やかな女性達と講座後有志の写真撮影。鈍間《のろま》の私が廊下に出た時、終り掛けていた。「私もお願い」とカメラ。受講生の女性が「撮って上げる」と私のカメラを。綺麗な娘さん達が私の回りに立つ。パチリ。写真葉書を５枚持っていたので彼等にプレゼント。クリーム色のドレスの女性が私に礼と質問。ベトナムでも日本語を学んでいたと言う彼女に私は、ついべらべらと講釈。「写真は、リハビリの為始。毎日転んでいる私。歩かないと骨が×。寝たきりに。写真を撮っていると長時間歩ける。」彼女は、私が気に入ったらしく、彼女達のカメラにも私は、パチリと収。楽しい交流。素晴らしい思い出。ただ慌てていたので白髪隠しの帽子の着用忘。引っ掛けたチョッキを脱がなかったのが残念。１回目は、ウズベキスタン、ボリビア。２回目は、フィリピンやモンゴル。３回目は、サモア、ペルー、バングラディシュの方の発表聞。皆さん英知に満ちた素敵な方達。サモア？何と無く聞いた事が有る国名。初めて南太平洋と認識。苦手な地理。大いに勉強。「ゴミは、どんなものが多い？」と受講生の質問。ペルーの方が「食べ物」と返答。少量ずつパック入りの魚肉の食材利用の受講生。意外な答えに「食べ残しが多い…？？」と再質問。「肉や魚を調理する時出るゴミ」との答え。解体する時の大量のゴミが環境汚染の原因と。日本でも一部の農家や漁師さんの家庭は、現在でも個々で解体していると思うが…？？

４６年前主人の実家、遠賀町の農家へ私が同居していた時普段は、野菜、漬物の食事。祝い事で飼っている鶏を食材に。時々川で魚、鉄砲での鴨撃。ご馳走。解体ごみは、犬猫の餌。残りは、土に埋。

私は、幼い頃東京の世田谷に住んでいた。確か家々の前には、石造り（セメントで作ったもの）のゴミ箱が有った。上と前面に木の蓋が付。そこに直接台所のゴミを。近くの農家の人がそれをかき出して持って行ってくれた。豚の餌。缶や壜、古新聞、古着等は、屑屋さん。「えー屑イーお払い」「くずいーおはらい」とリアカーを引いて鈴を鳴らして表を通る。呼ぶと大きな袋と棒秤を持って玄関に。缶壜は、袋に入れて、新聞等は、紐で括って量る。幼児の私は、興味津々で見物。遠い昔の思い出。

鳥の解体で忘れられないエピソード

昭和４１年正月。主人と私は、横浜の更生指導所（リハビリセンター）に籍を置。婚約が整。主人は、暮から正月帰省。多分一寸長めの休み。主人は鴨を土産に帰ってくる。主人が横浜に戻る前日。義兄が鉄砲で鴨を仕留めたという。結婚の引きで物に最適。主人は、首を紐でくくった鴨を両手に２羽ぶら下げてブルートレインに乗車。足の悪い主人。多分大変な苦労で運。他の乗客がそれを見て、吃驚。「まぁ！可哀想に！」とか「これは、美味しいんだ」とかワァワァ騒いだらしい。生もの。指導所は、暖房。私は、外出×。当時、生物専攻の大学生の兄に来て貰う。但し気が弱く。解剖が大嫌い。出来るだけ回避。兄が来ると主人は、ベッドの上に鴨をポンと置。ギョッとした兄は、気持悪くてたまらない。（私の脳裡にも白いシーツ上のぐったりした鴨の姿がいまだに焼き付いている。気持の良い物でない）主人が鴨の解体方法を説明始。「羽をむしって…、骨を・・・云々」。一刻も早くこの試練から逃げ出したい兄は、「解剖で熟知」と言。鴨を掴みカバンに押し込。早々に退散。さてこの鴨の行方は、如何に…？？

母の話では、兄は、帰り掛け丸ごと２羽、近所の焼き鳥屋さんに上げてしまったそうだ。主人達の真心の極上の鴨の肉。焼き鳥屋さんは、大もうけ。その焼き鳥屋さんのお客さんは、きっと舌鼓を打った事だろう。兄が賞味したかどうかは…？？母は、料理屋さんで調理して貰った事にしましょうと言。私は、その嘘を４２年間付き通す。それでも主人は、１番美味しいところを料理屋に取られてしまったと折にふれ、ぶつくさ言っていた。真実を知ったらどんなに怒った事だろう。嗚呼！クワバラ、クワバラ。４６年昔とは、言え。同じ日本でさえ、文化の違い故の行き違いが…？？外国は、もっと。でも学ぶ事。知る事によって理解出来る筈。頑張りましょう！

講演会「健康長寿は、お口の元気から」

　パンフレットで小倉歯科医師会館を確認。バスセンターにTEL。１時２５分。先週と違い辺りは、寒気で覆い尽くされている。乗り遅れると凍える。坂道用心！急げ！四車線の道路。幅広い。既に信号は、青。用心して次の青を待つ事に。ここで知り合いに声掛けられる。２年振り。数語交わして別。信号は、青。用心忘れ歩。一寸坂。車椅子を押す手強過ぎ。足が伴わず膝を突く。危ない！歩道にと向きかえる。少し坂。車椅子は、クルルンクルルンと動。ブレーキ片一方逃げて掛からない。あらら？困った！立てない！無様ぁ！「大丈夫ですか？」お助けマン登場。中学生２人。１人に向こう側のブレーキを掛けて貰って大助かり。有難い事に彼等は、余計な手助けなし。感謝。自力で徐に立ち上がり心を引き締めて横断歩道を渡。５分遅れのバス。混んでいる。私のために席を立つ乗客。シート畳んで車椅子を置く運転手さんの姿を見守る乗客達。誰１人文句言う人無。皆優しい人々。幸せ！都市高速を降りて大手町。次がムーブ。えーと歯科医師会館は？？

目を皿の様にして窓の外。有った！信号待ち停車のバスの目の前。やがてバスは、ローソンの角を曲がりムーブバス停に。運転手さんは、車椅子を降ろして私も介助。お礼を言う私に一言。「また乗って下さい！」まあ！何て嬉しいお言葉！初めて！幸せ一杯！こんな優しい運転手さんが沢山いると良いのに！歯科医師会館は、角を曲がってすぐそこ。意気揚々と歩く私に「頑張って下さい」と正装した女性。「有難う御座います」と私は、にっこり。其の女性の後から数人の人と一緒に玄関に入。迷わず到着ゴールイン。ほっと一息。甘かった。受付で「２階です」と指差す先は、階段のみ。エレベーターは？？と聞く私。

無いとの答。暫し待たされ男性４人階段降。「リハビリのため車椅子だけ御願いします」バス乗車のために付けたカードが役に立つ。車椅子を２人が抱えてさっさと２階。もう１人は、手ぶらで。４人目は、手摺で一踏ん張りの私の見守り。２階到達。私は、階段上るのが大好き。エスコート付きの思わぬリハビリ。気分爽快也。そのまま素敵な紳士達に導かれ、会場に。彼等は、最後列の机１つに車椅子と私の座る椅子を設置。

講演は、神奈川歯科大学「社会歯科科学講座歯科医療社会学分野」准教授山本龍生先生。長寿国日本。しかし命尽きる最後の１０年間要介護状態多。原因は、転倒、骨折、認知症。其の原因が歯や口の健康状態によるか追跡調査。その結果歯を失い、義歯不使用の人の転倒は、他の要因を除いても２０本の歯の有る人に比べ転倒リスクが２、５倍高い。歯が無くて義歯をつけないと舌顎の位置が不安定になりバランスを失い転倒し易くなる可能性が考。認知症も認定を受けていない６５歳以上の人を４年間追跡調査。その結果歯がなく義歯をつけていない人は、２０本有る人に比べ認知症発症リスクが１、９倍高。認知症の発症は、ビタミン等の栄養不足。慢性炎症等の関与が指摘。歯のない人は、食べにくい生野菜などを避。ビタミン不足の可能性。歯周病は、歯を失う原因や慢性炎症が脳に影響するかもしれない。また噛まないと脳への刺激も減る可能性有り。転倒や認知症予防の為歯や口の健康が大切。歯を失っても義歯を入れる事が大切。というような講演内容。何となく知っている事だけどもデータと共に納得有るご講義。この後歯科衛生士の口の元気体操。健康は、歯から口から笑顔から等。５時過ぎ終了。

私の車椅子は、紳士達がさっと抱えて階段へ。私は、階段まで傍の紳士にお手を拝借。後は、自力で手摺。紳士は、私の傍に付き添う。「有難う御座いました」外は、寒い。次は、「京町１丁目の元気くん」へレッツゴウ。リバーウォークへの近道ないかしら？？勝山公園で地図を見ていると、中年男性が「大丈夫？」と聞。「京町に行きたいの。こっちから行けますか？」公園を斜めに行く道を指差す。彼は、車椅子を見て「それでは、無理」と言。仕方ない先週のルートを頑張る。お城へ行く道の道路を隔てた向かい側。勝山公園の入り口。確かに階段。あそこまで来て階段でとうせんぼう。私は、きっとグロッキー。改めて教えてくれた男性に感謝。疲れているので成るべく近道リバーウォーク。京町「げんきくん」に入。ここでぜんざい。元気百倍。コレットで夕食。駅ビルで買い物。

北方モノレール駅より歩いて帰途。いつもの高速道路下にて１休。この辺で自転車のご近所の奥さんに良く会う。ふと、そんな事が脳裏に。歩き始める。すると自転車中学生の２人乗り。追い越しながら後ろの荷台の中学生「おばちゃん」と大声。思わず彼の幼い顔を見てにっこり。そのまま彼等は、走り去る。驚いている隙にバッグを盗るつもりだったのかしら？？ざんねんでした。バッグは、ネットの下。あんな大声。危ないよ。でも“おばあちゃんでなかったので許してやろう”と、ほくそ笑む。この日も大冒険。色々遭遇。嗚呼！面白かった！

第１１章

私にも言わせて

え!「おばあちゃん」

ｐｍ４時２０分からリハビリ。２時ごろタクシーで病院。電動に乗って信用金庫、八百屋（文章を渡すと娘に読ませると喜受）へ。一端帰宅。荷物を置き３時２０分。急いで役所で用事を済。病院のレストランで弁当を依頼。４時１５分療育リハ室。５時半医事課。職員さんとお喋り。６時国立外来３階にて電動を置き。売店。預かって貰った弁当（レストラン５時まで）を受け取り。菓子パン等購入。休憩室で弁当のおかずと菓子パンを食。（ご飯は、こぼすので）それから荷造り。車椅子上に大小バッグ２つ並べ。紐で車椅子に括り付け。その上に「リハビリ中お先にどうぞ」これは、車椅子の背もたれの上前後にも。計３枚。準備完了出発。節電の夏一寸暗い。区役所の周りからオレンジ色の街灯が少しずつ白色灯に変わって行く。暖かい優しい光が冷たい感じになる。節電の為ヤムナシ。８時過ぎても空気は、むっとしている。夜の散歩らしい中高年の男女と行き違う。水分を取りながらこの日も多くの出会いが有り。私を助けてくれた事を思う。看護師さんや先生方もわざわざ私の近くに来て声を掛ける。私って何て幸せな人間でしょう！歩く楽しみを満喫しながら、役所、警察の前を過ぎ、４車線の道路を横断。時差信号．青がすぐ赤。いつもの様に４分の３を渡った所で赤信号に。そのまま渡。中学校の横の道で若者が「自分が押します。」と車椅子の取っ手を掴もうとする。「待って下さい。車椅子に摑まらないと歩けないの」と言。若者は、手を離すが「一緒に行きます。ゆっくり歩いて下さい。おばあちゃん」「おばあちゃん」を連発する彼。今が青春と人生を楽しんでいる私。その呼び方は、たまに会う小さい孫２人だけに仕方なく許可。彼のような大男に言われたくない。頭にきている私に彼は、全く気付かず。「おじいちゃん、おばあちゃんを見ると助けたくなるんです。」と得意そう。

嗚呼！又おばあちゃん！嫌ぁー！カチンと来て年齢を尋ねる。「２２歳」私の３分の１。若い！我慢するしかない。嗚呼このまま団地の坂道まで付いて来られたら困る。手ぶらで青いジャージ姿の彼。仕事帰りと言う。家は、近所。中学校の向こう。私は、何とか彼を追い払おうと必死。「私は、元気。いつも歩いているから大丈夫。お家に帰りなさい。」というが彼は、聴く耳持たず。「おばあちゃんのペースでゆっくり歩いて下さい」と指示を繰り返す。やがて「権ヶ迫」の信号。彼は、私を誘導。曲がって来る車を手で停止。ここでボランティア精神満足したらしく急に立ち止まる。５・６メーター先行く私に「帰ります」と言う彼の声が追いかける。えっ？一寸吃驚。頑固な彼からの突然の解放。

「有難う！お仕事頑張って！又遇いましょう！」やっとの別離が嬉しくて私も声だけ振り返る。

権ヶ迫池の横の道。のんびり歩く私。一寸ハンサムあの若者。果たして彼は、善人か？悪人か？交差点の灯りの下で「お先にどうぞ」３枚と紐でくくった黒いバッグを積んだ車椅子上がはっきり見えた筈。もしかしたら親切強盗？？心寂しき高齢者。孫にも会えず。夜道を一人。「おばあちゃん」の呼びかけに涙ぐんで気を許す。それとは、程遠いこの私。

そういえば私は、子供の頃から脳性麻痺と話した直後の横断歩道。孫等いないと判断。バッグは車椅子にくくりつけてある。おばあちゃん作戦を諦。あるいは、高齢者に親切大好きこの若者。「お先にどうぞ」のカードに籠めた私の気持をようやく理解。どちらにせよ。ハンサムボーイと２人で歩いた夜の道。生まれて初めての体験をこれも楽しい冒険と思う事にする。団地に上がる急坂を恙《つつが》無く上り詰め、無事帰宅９時。ヤッター！１時間で我が家到着。クラスメートが電話で叫んでいたのを思い出す。「“おばあちゃん？貴方のおばあちゃんでないわよ”と言いたくなる」と。この夜は、私も言いたかったこの台詞。

「若者よ！高齢者も心だけは歳取らない。貴方がおじいちゃん、おばあちゃんと言う事で心までがお年寄り。生きる元気を失くしてしまう。知っていたら苗字を呼べ！知らなければ呼びかけ抜きに」。

主語を一々言わなくても会話成り立つ便利な日本語。楽しい会話が高齢者を元気づけます。若者、ボランティア様へ。

人工的に海外での生命操作とわたしの夢

私は、クラス会、講座などウロウロした結果。２０人集まれば１人位お子さんに何らかの異常が有るとお聞きする。その多さに驚。親もお子さん(成人)も頑張っている。でも親は、高齢化。大変過ぎる。

多くの人に障害者が、無縁な者。特別。関係ない。と思って欲しくない。
と言うのは、NHKテレビで卵子が受精できなくなり、子供のできない女性たちが海外で他人の若い卵子を買い受精卵を自分のお腹に。そんな日本人が増えている。と報。
何と言う事を！人間の脳、細胞。身体は、緻密。私だってほんの微々たる原因で脳性麻痺。運命なら仕方無し。それを受け入れ。頑張るしかない。しかし人工的に生命を誕生。運命を人間の手で操作。そんな恐ろしい事を安易にしないで欲しい。健康な子供が生まれるとは、限らない。報道は、精神面だけのリスクの問題点のみ。障害者の事は、無。「５００万を出して海外で受精卵を貰って子供を得ようとする女性たち。大変な子供と一生付き合って行く覚悟が有りますか？」「卵子を海外で売るお嬢さん達よ。薬で多排卵。生命操作で将来貴女の愛する人に捧げる卵子は、残り物。何らかの異常があるかもしれない。良く考えて下さい」。

私の息子が幼稚園の時、友達から弁当が汚いと言われた。幼稚園では、お母さんに感謝の教育方針で皆の弁当を並べて、写真を撮ったらしい。私なりに早起きして息子のために頑張っていた。が、汚いと言われたと聞いて口惜しい気持大。別に息子の方は、傷付いている様子なくただ報告した様子。
里帰りした時、母にそのことで、「息子が可哀想」と訴えたら、いつもはなんでも受け止めてくれていた母が急に泣きだした。
「そう言われると自分が責められている気がして辛い。貴女は、丈夫な子を産んで幸せです。T君は、大丈夫。五体満足。ちゃんと自分で生きて行けます」。

私は、障害が母のせいなんて、考えた事は、一度も無いのに、母は障害の有る娘を産んだ事にずっと責任を感じていたらしい。私は母のそんな思いを想像もすらせずに辛い時には何度も母に受け止めて貰っていた。たとえば、いじめっ子に取り囲まれた時、怒っても、泣いても余計に面白がられる。ただ黙って耐えるしか無い。そんな口惜しさを訴えると、母は、「我慢しなさい。いじめた子供達は、将来きっと辛い目に遭うから」そう、私を慰めながら、母は、深い心の傷から血を流していたとは…？？

それ以来、私は、母に障害に関する辛い事を、話した事は、無い。息子も幼心に何か感じたのでしょう。現在に至るまで私が悲しむ事は、一切話さなかった。多分お前の母さんは…？？といじめっ子に言われた事があるはず。母の言う通り。１人前に育った。この話を頚椎手術後療育センターにリハビリ入院した時、指導員に話す。彼女から、多くの障害児の母親達が子供の障害を自分のせいと思って苦しんでいると聞く。

私は、障害の有る子供を持ったお母さんを励ましたい。自分の人生を通して、人は、公平。諦めないでいればその人なりに幸せになれると確信。

障害の眠りが、引き揚げ船の中での水葬から赤ん坊の私を救った様に、運命の神様が、障害を与える事で、お子さんをより過酷な運命から逃れさせてくれた。そう思って、子供と共に頑張って欲しい。「きっと母の愛が奇跡をもたらす！」。長い、長い闘いになるけれども。これが母を泣かしてしまった私の果たしたい私の夢。（お母さん！安心してね。私とても幸せ！）

暴力団
対策推進

第１２章
ファイト

綺麗になった車椅子

朝１０時バスにて国立病院へ。外来受付で、内科、皮膚科、泌尿器科の再来手続きをする。家で採った尿を検査室へ。それから外来２階泌尿器科の前に行く。検査結果が出るまで時間がある。トイレで汗びっしょりの服を替え受診。尿検査以前と変わり無し。皮膚科は、薬。１階整形外来へ。ここも予約の薬のみ。最後に、内科に行って、風邪薬をお願いして、リハビリ室へ、リハの治療が済んで、車椅子の右ブレーキが利かない事をＳ先生に話す。先生は、直して下さると言われる。御厚意に甘えて、車椅子を預ける。シニアカーに乗って内科外来に行き、薬の処方箋を貰って医事課へ。薬局にそれをファックスで送ってもらい、レストランで昼食。玄関に戻ると雨。ファックスの河野さんが配達依頼の℡。２時ごろ、雨が止んでいる。若園の八百屋でバナナと野菜を買い、帰宅。３時半睡魔。少し寝る。４時過ぎ、我が家出発。北西の空が真っ黒。急いで国立病院へ。セイフ！　雨に遇わずに済んだ。リハビリ室を覗くと、車椅子が綺麗になっている。売店に行き、お礼のお茶を４本買う。Ｓ先生にお礼をさしだすと、「私は何もしてない。Ｏ先生と学生さんが頑張った」と言って、Ｏ先生を呼ぶ。Ｏ先生にお茶を渡そうとすると、机で仕事をしている梶谷先生の姿が目に入る。“シマッタ！１本足りない！”Ｏ先生が遠慮なさるのに乗じて、お茶４本を空席のＮ先生の机に置く。又急いで売店へ。もう一本買う。再びリハビリ室へ。入口で病棟から戻って来たＮ先生とぱったり「先生にもプレゼントします」と、私は言ってお茶を渡す。彼女は「あら？有難う」と、あっさり受け取ってくれる。妙な遠慮がない。ついでにシニアカーの鍵も預ける。「あら！まあ！」と言うＮ先生の吃驚した声を背中に聞きながら、リハビリ室を後に。多分彼女の机の上のお茶・４本のペットボトルを見て叫。前日の草取りで、泥が付いていた車椅子が綺麗になっている。学生さん有難う。ブレーキはまだあまい。仕方無。車椅子椅子を押して外来に。椅子に座。４０分休憩。外に出ると、雨が少し降。歩いて「サンク」へ。祭日のため、一週間病院に来ない。買い溜め。店を出ると、雨は止んでいる。しばらく待つとバス。若い運転手さん降りて来て助。石田のバス停で車椅子を降ろした後、歩道が高いので、手を貸して下さいと私が頼むといきなり彼は、私の両脇に手を差し込み、ヒョイと抱えて車椅子の所に私を降。ビックリ！助けて貰った事に感謝しましょう。暑いので左足緊張大。左大腿部外側痛。シャワーを浴び、片付けながら夕食。倒れるように寝。（９月２３日）

不運な月曜日

　バスで国立病院に行く。１０時半。リハビリには、１時間有る。ワンピースのまま、婦人科外来で１１時１５分まで待つ。呼ばれない。看護師さんに断って、リハビリ室へ。ズボンに着替えて、待つ。するとＫ先生が「今日は、Ｓ先生、お休みですよ」と、声かけてくれる。“えっ！　知らなかった！”　仕方が無い。又ワンピースを着る。今度はシニアカーに乗って婦人科の前に戻る。息子のお古のスポーツバッグに一纏《まと》めにした荷物は重い。ハンドバッグを出そうとした時、名前を呼ばれる。慌ててスポーツバッグを持って中に入る。看護師さんに「荷物を預かって下さい」と依頼。彼女は「柴田さんまだですよ。そこに座り、待っていて下さい」と言う。私は傍のソファに座り、スポーツバッグを横に置。「しばた○○さん×番診察室にお入り下さい」と言うアナウンスが聞。（ああ！「しばた」違いだった！急いでバーカみたいだわ）。そのソファの目の前で看護師さんがお仕事している。いまさら外に出るのも、スポーツバッグから中身を出すのも憚れる。暫くするとフルネームで呼ばれる。“ああ！何と言うこと！今まで居た看護師さんの姿が見えない”重たいバッグを持って、やっとの事で診察室のドアを開。転倒。看護学生さんが跳んで来る。彼女に助けられ椅子に座。先生が「誰か付き添いの人は？」と聞。「一人です」と答える。それからは学生さんが助。若い頃から婦人科の診察の用意は一苦労。今は補装具を左足に着。より時間がかかる。“学生さん、有難う！”癌検診の結果２週間後。２時ごろレストランにて昼食。３時ごろ「城野ダイエー」へ。１Ｆで喪服代わりの黒のズボンとカーデガンをクリーニングに出す。２Ｆで眼鏡を洗。帰り道八百屋さんでバナナとオクラを買って我が家へ。シニアカーのドライブは日差しが強すぎ暑い。エアコンを入。スポーツバッグの中身（着替えなど重たいもの）を減。再び国立病院へ。途中睡魔。５時リハ室でシニアカーを預。車椅子を押して外来へ。一時間余居眠り。歩いて「サンク」へ。左足緊張大、その為左大腿部鈍痛有り。買い物を終え、バス停。

６時５０分ごろ来たバスは少し混んでいる。車椅子のマークを付けた⑤番。乗車口のステップに右足を掛け、「すみません、車椅子乗せて下さい！」と、大声で叫。運転手さんは椅子にすわったまま。乗客の女の方が２人で車椅子を乗せてくれる。降りる時も彼は動こうとしない。ただ一旦閉めた後ろのドアを開けただけ。先程の親切な乗客が「車椅子を後ろから降ろしてあげる。運賃を払って前から降りなさい」と言。仕方が無い。言う通りにする。しかし歩道は高く、少し傾斜、おまけにバスと歩道との間が３０センチ以上有。不安と緊張の中、何とか車道に降、頼みの車椅子は３人の乗客と共に後ろのドアの前。力尽きて膝を突く。誰かが「危ない！」と叫。パニック。今度は額を歩道にゴッツン。乗客の女の方が助け起こして、車椅子の所まで連れてってくれる。その間、運転手さんは、知らん顔。「有難う御座います！親切な皆様！」私は乗るバスを間違えたかと思い、走り行くバスを見。車イスマーク。運が悪かったという事。団地の坂道を登っていると、三棟の人が「大丈夫ですか？」と声をかけて来る。荷物を膝の上に載せ、車椅子に座ったら、押してくれるとの事。私が断ると一緒に歩。坂道を登ると、頬に当たる涼風が心地良い。疲れて帰宅。ボランテア協会の留守電もメール無。メール送。水曜日の二時、Ｙさんが来てくれるという返信。嬉しくて元気が出る。シャワーを浴。買い物を片付けながら夕食。パソコンで「スパイダーゲーム」して寝。

緊急事態発生

台所の床に座り少々遅めの夕食後、這ってトイレへ。立つために浴室入り口の手摺１本を利用。両手は、手摺を掴んだまま膝が伸びずズルズル落。失敗。再トライ仕掛ける。と、女性の声。何でラジオが…？？一瞬疑。「緊急事態発生。通報しています。ペンダント緊急事態発生。こちらは、１２０６８です。通報しています。緊急事態発生…」吃驚仰天。手摺にぶら下げていた緊急ボタンに身体が触れたらしい。救急車出動…？？早く取り消さなくては、大変。緊急事態発生の連呼の中、這って居間に。大慌て。正に緊急事態発生。狭い家。しかし警報器まで遠い。やっと取り消しボタンを押。遅すぎた！「どうしました？」安否を尋ねる男性の声。「・・す・べ・っ・て・・・」粟食って慌てふためき言葉がでない。まずい！事故と誤解される。もう一度取り消しボタンを。今度は、切れた。失礼だが仕方無し。普通電話が鳴る。消防署からの確認電話。１呼吸したので喋れる。お騒がせしてゴメンナサイ。嗚呼！驚いた！緊急事態発生也。緊急警報器には、３つの警報ボタンが有る。警報機事体にとそれにぶら下がっているボタン。そして首に下げるペンダント。動けない人の緊急の心臓発作などに役立つ。私の主人の心不全も助かったかもしれない。私が書類を貰ってきても頑固に反対。自らその死を早めてしまった可哀想な主人。

私は、動き回る。無意識の不随動作。ペンダントに手が触。そこで普段ぶつかり難く、転倒事故の確率の高い浴室の入り口の手摺の下にぶら下げている。その事をうっかり失念。大いに懲りた「緊急事態発生」。

バルサン

目覚めたら朝４時。取り散らした荷物を寄せ、ゴミ捨て、洗濯。布団干し。それから寝。息子からのメールも気付かない。夢破るドアを叩く音。息子１家到着。ぼぉーとしている私を尻目に息子と嫁は、てきぱき。孫２人は、元気に。あちこち新聞で覆って回る。バルサン準備は、瞬く間に完了。その間私は、靴下を履いただけ。息子の車で北方のソフトバンクへ。７月１５日（この日もバルサン）に携帯を買い換える。家族間無料故息子の名義。一々息子の証明や印鑑がいる。充電は、前と一緒と言うので安心していたら×。携帯の横を開けて差し込むつまみ。小さ過ぎる！何とか入。取り出す時は、小さな突起を押しながら引っ張らなくては、中々外れない。前回は、別売りの充電台を購入。その充電台が合わない。頑張って何とか充電。デジカメをパソコンに繋ぐ要領と一緒だがもっと華奢。がむしゃらの私。壊す。そこで別の日注文して充電台を買う。何故か充電不可。直接なら充電するのに。結局充電器悪いと言う事で新しい物に。一緒に行った息子のアドバイスでポイントを使う。これにも息子の証明要。携帯充電１ヶ月経てやっと問題解決。新しい携帯は、より使い易くなっている筈。前のものと違うのでかなり混乱．蛍光灯の頭には、まだまだ大変。

さて息子達とお昼。前回７月は、ピザ屋。ネットでの開店の広告が有ったらしく混んでいた。お客さんは、同じような皆親子連れ。夕食は、山賊鍋。連休のせいかこれまた同じ様な祖父母（どちらか１人）と子供夫婦に孫。全てに平凡とかけ離れた人生を過ごして来た私。まるで「家族ごっこ」と可笑しくなる。平々凡々これ幸せ也。今回は、決めてないとの事。眼鏡洗いや買い物が有るので城野ダイエーのハンバーグ屋を私が提案。其れを息子が孫達に聞。５歳の孫娘が「おばあちゃんが良いなら私は、それで良いわ」と返事。何と大人びた物言い。母親も驚。子供は、１ヶ月で成長。ハンバーグ屋の小さいテーブル。子供達が私の前に並んで座り、息子夫婦が隣のテーブルに。ついこの間までの甘えん坊の片鱗を見せない。私の前だけかもしれないが…？？其れから私の買い物。４人でスペシャルサービス。トイレットペーパー、テッシュペーパー等の雑貨品等々。帰宅。私と孫達を車に待たせ、息子夫婦がお掃除。何とも有難い事也。主人を車に待たせ、私１人で頑張った１０数年前が夢の様に思い出される。それに比べ何たる幸せ。息子はさておき、優しい嫁に大感謝。

バースデイカードが４９日のお供えに？？

12日の日曜日孫息子のバレエの発表会。これは、小倉の中心街の劇場にて開催。孫は、去年から習っている。門司の嫁の実家の隣にすんでいる彼等。孫に関する行事に私は、一切拘らない。全て嫁の両親にお任せ。有難いが一抹の寂しさ有り。去年この発表会の話が嫁の口からぽろっと出る。小倉の劇場なら行ける。私が見に行くと主張。嫁は、裏方。私の世話不可と言う。友達と行くと食い下がり、チケット２枚手に入れる。近くに友達無し。通院している病院職員達にアタック。皆日曜日は、多忙。結局ボランテアさんに劇場だけエスコート依頼。かなり芸術性が有り。感動。息子は、自分と嫁の家族を車で運ぶのに大忙し。「お母さん、探さなかったよ」と後日言う。まぁ！足の悪い私が、近いとは、言え。バスと電車。健常者の嫁の一族が息子の車で移動。何だか変。

さて平成２２年のバレエ発表会もチケット２枚入手。１人で行こうと決意。だが生憎の風邪。白羽の矢を隣の棟の住人へ。彼女は、私の家の３階の女性と友達。３階の女性、犬が家族の１人暮らし。犬の糞で私は、大迷惑。だが優しい人柄。主人の車で纏め買いの大荷物。よく玄関前迄運。彼女が脳梗塞で倒れ入院して数年経過。重症。私は、頚椎の手術入院の時、土、日、祭日誰も見舞い客の無い寂しさを体験。見舞いに行けないので彼女に四季折々の片便りを続。時たま出遭う３棟の住人から彼女の様子を聞。ある時この友人に片便りの事喋る、年賀状を出す予定とも。何とこの友人は、私に年賀状をくれる。字には、教養。話すと優しさを感じる人。と言う事で電話。「６時から用事有り。４時終幕？それなら喜んで」と快諾。１２月１日の嫁からチケット貰った翌日の話。忙しい3棟の住人。ラッキー。当日私の咳深し。劇場の中で、他人に迷惑。悪い事。だが年１回。来年は、わからない。出掛ける。

優しいエスコートさんに甘え、人混みは、車椅子に乗せて貰い、目的達成。今年のバレエも素晴らしく、夢の世界に浸る。

開幕中激しい咳の発作が１回有り。傍迷惑。ゴメンナサイ。バスが 20 分も遅れ、帰宅を急ぐエスコートさんを先に行かせてゆっくり団地下の坂へ。

途中咳の発作何回も有り。坂を上りかけてウロウロしている若者が声を掛けて来る。「坂の上まで持っていってあげます」と車椅子に手を掛ける。「シメタ！」坂の手前。「それなら私を乗せて坂を上がって下さい」と言って、車椅子に座る。もし急坂の途中ならこの動作は。不可。いつものように車椅子から手を放してくれと言う所だ。体調の悪い時、お助けマン登場。ラッキー。5 時 40 分帰宅。此の日の物語は、これにて御仕舞の筈。しかし…。

帰宅後直ぐ、ドアを叩く音。大人しげな暗い感じの中年男性。差し出す手には、私が友人に出したバースデイカード。「ＳＯの息子です。母は、10 月 24 日に亡くなりました。朝倒れていたのをヘルパーさんが見つけて病院に運びましたがだめでした。手紙を開けさせて頂きました。何回も電話下さったとの事で…云々。」我が耳を疑う。１人暮らしのＳＯさんに息子？？常々仏様になったら、世話になければならないから姪に小遣いを渡している。とか姉や義兄、甥の話は、聞いていたが…。

私は、悔やみの言葉を忘れ、喋り出す。如何に彼女が自立心溢れ、前向きで賢い女性で尊敬に値する人物か、お母さんを誇りに思えと力説。彼女の部屋は、片付けて此の日が最後と聞き、もう彼女とは、プッツン。真心の表し様も無い。息子さんの手に有る「お誕生日おめでとうございます」の手紙を仏壇へと頼む。ＳＯさんは、リュウマチによる重度障害者。20 年前位から整形外来で見かけていた。しかし交流は、7 年前私の頚椎手術後のリハビリ室で彼女が声を掛けてから。電動四輪車の 24 時間テレビの応募の仕方。社会福祉協議会のふれ合い旅行等の事、重度障害者が生きる術を教えてくれる。施設に入る事を拒んでの 1 人暮らし。その姿は、主人から暴力と出て行けの言葉を浴びせられていた私に勇気を。彼女ができるなら私だってできると言う自信も与えて貰う。病院で会い、励まし合っていたが、去年の今頃インフルエンザに罹り体調を崩し、今年も 4 月に肺炎。身体が衰弱。猛暑もダメージ。病院にて見かけたのは、数回。いつも参加のふれ合い旅行に不参加。その旅行の 10 月 23 日帰宅後私は、彼女に電話。珍しく元気な声。来年は、一緒に旅行参加を約す。まさかその翌日に帰らぬ人となっていたとは、夢の夢にも考えずに電話を掛けてもかけてもむなしく響くベルの音。もしかしたら施設入所？？なんて思い巡らす。

さて 12 月 13 日は、ＳＯさんの誕生日。私は、リハビリ後レストランへ。病院のレストランの日替わりランチや区役所のお弁当。安くて美味しくて品数も多い。栄養満点。病院に来た時、力を付けましょうというＳＯさんのアドバイス。レストランに偶然にもＳＯさんの主治医が入って来る。私が先生に彼女の話をすると、先生、驚いている。「あんなに頑張ったのだから、眠りながらの最後で良かった！」と言う先生の言葉をＳＯさんの魂は、聞いているに違いない。此の病院の近く住んでいたＳＯさん、緊急時いつもここに運ばれていたのに最後は、別の病院で。礼を尽くす人なので心残りだったに違いない。私は、彼女の強い意思を感じる。もし私の咳が酷くなかったら、小倉駅に寄り道。

イルミネーションを撮っていただろう。息子さんとはすれ違い。若くてハンサムな彼女の循環器の主治医。気さくな人柄で私達が電動に乗ってのお喋り中、話し掛けて来る。以来私と挨拶を交わす。これも不思議な偶然。今の処循環器に無縁の私。彼女は、リュウマチを患う前の肉親、友人達に守られている。ＳＯさんの魂よ！永遠なれ！彼女の恩は、決して忘れない。

標識ドーン！

正月からずっと寒気居座る。１７日一寸緩む。国立受診後歯医者へと計画。「受診したい」と歯科医にメール。OK の返信。朝まず西鉄バス営業所に℡。４時、5 時の特急築鉄香月行きのバス三萩野での時間確認。いずれも 30 分。それに間に合う近くのバスの時間。3 時と 4 時共に 57 分。できれば国立病院近くのバス停から乗りたい。バスの数多。内科受診後電動四輪車にて八百屋へ。大寒の来週買い物は、無理かも。買い溜め。テレビで葉物野菜高騰と知。まだキャベツ、白菜、ほうれん草安い。そこで白菜１玉。みかんバケツ１杯。バナナ２房．購入。握りコブシ２つ合わせた以上の大きなサツマイモの山が目に飛び込む。２５０円。１個だと百円。カビアリ傷物。良い所を取れば良。代用食になる。電動に積んで貰う。八百屋で荷物一杯。シニアカーを走らせながら、牛乳積めるかしら？１瞬考。目がお留守。「ドーン！！」。「シマッター！標識？？」あぁぁ！前カバーが割。有り難い！エンジン大丈夫。そのままコンビニへ。病院の売店に行く時間カット。ここで牛乳、納豆、弁当を購入。北方のコンビニの従業員は、皆優しい。最初の頃は、電動で奥まで行った。大変。今や入り口であれこれ注文。皆さん嫌がらずに品物を持って来てレジを終。荷物を積載。大荷物のこのときも上手に帰りのバック誘導までしてくれる。大感謝。１時半帰途。我が家で腐る物だけ冷蔵庫に。野菜、果物は、ほったらかす。病院レストラン。２時半昼食。電動を３Ｆへ。頭かなり混乱。エレベーターの乗降に苦労。車椅子を押して薬剤科へ。有り難い！出来ている。

夕景色

やっと気温が下がって来る。夏の間、緊張の為、装具のベルトが足首に当たって痛み、歩けなくなり、やっていたバスでのリハビリ通院を止めて、再び往復歩いている。行きは５０分，帰りは１時間半かけて。健常者だったら　20 分の距離。歩くのは楽しい。日々変わり行く景色。秋の夕焼けは、本当に素敵。一瞬一瞬その様相を変えていく。まさに光の芸術。黄昏時のその神秘なアートに見とれているうちに、夜の闇がまた新たなる美を提供してくれる。高速道路のオレンジ色の点々と続く灯火。それは、「オズの魔法使い」の夢の世界に続いているかのように思われる遠く見えるマンション等の家々の灯り。何と言っても美しいのは、 帰宅を急ぐ車の流れ。赤、橙それに青が混じる光の川の流れ。

「わぁ！綺麗。何て美しいんだろう！」歩ける喜びを噛み締め乍ら、光の芸術を大いに楽しむ。

冬の始まり

音楽祭をネットで検索した折、12月24日の黒田バレエの発表会が目に入る。孫息子が4･5歳の時このバレエ教室に通。2回観に行。中々芸術性が高い。私は、今1度宝塚の華麗な舞台を観るのが夢。しかし遠過ぎる。黒田バレエなら小倉。リバーウォーク。行ける！絶対に1人で行ってみせる。混雑するから前売り券がいる。井筒屋プレイガイドに電話。券は、残り少々。そこで講座の友人に携帯で依頼メール。土、日に井筒屋に行くとの返信。12月2日券が手に入ったとメール。ラッキー。彼女に大感謝。12月8日寒波。講座の友人とのデートの約束。彼女から寒すぎるとキャンセル。一寸残念！結局我が家に篭城11日間。パソコン相手に日々楽。１２日内科受診後電動4輪車で郵便局に行。手術した左足首に力が入らない。愕然！老化を実感。ああ！ぁ！八百屋さんに行。篭城中野菜食べ尽くす。配達依頼。快諾。ラッキー！白菜、キャベツ、大根、果物等丸ごと。この日も歩いて帰宅。私は、まだ負けない。頑張るのみ。

ふたつの太陽

講座の友人とデート。彼女は、今回の講座は、受けてない。2時半の約束がモノレールで小倉駅に着いたのは、3時。そのつど連絡出来る携帯メールは、便利。遅れる連絡で彼女は、私が頼んだ写真印刷用葉書をコレットまで買いに行ってくれたとの事。4・5百枚と依頼。一度になかったらしい。感謝。いつものようにアーケードを抜けリバーウォークに向かう。途中喫茶店で一休み。聞き上手の彼女。私のお喋りの相手してくれる。この店は、障害者のお客さんが多。私の長口舌の間いつも障害者の相客有り。友人のお蔭でお茶を楽しんでいる障害者を目撃。嬉しい！自宅近辺で余暇をエンジョイしている障害者を見かける事は、皆無。

小倉城庭園に行く事に。何回か訪。いつも閉館後。私がお堀の美に感動。写真撮影の道草。此の日やっとセイフ。4時半入場。茶室は、靴を脱ぐのが面倒。丁度開催中の奥田小由女展を観る。美しい人形達。清らかで優しい天女という印象。俗っぽさ無。透き通る様に綺麗！きっと作者は、純粋で心が綺麗な人だと思う。素敵な人形達で心豊かになる。庭園も外も緑が美しい。夕日に輝く風景を思う存分写真を撮。水面に映る太陽の2本の輝き。1本は、太陽反射その物。もう1本は、ビルのガラス窓に映った太陽が反射して水面に。真っ赤な太陽が二つ！興奮して私は、友人に指し示す。彼女も驚嘆！自然が見せてくれる感動の1瞬を目撃。何たる幸せ。途中まで友人に送って貰い、小倉駅に向。この夜も小倉駅ビルで夕食。モノレール、北方。

１時間半以上かけて歩いて帰宅。付き合ってくれた友人に大感謝。

お騒がせマンの私

咳がひどくなったので危ないと思い、病院へ。受診。色々検査。問題なし。薬強い薬は…で？？弱い薬。

検査で１時過ぎている。いつもなら病院レストランで昼食。しかし激しい咳。遠慮し、お昼を売店にて調達。薬を貰いに調剤薬局へ向かう途中花壇が綺麗。カメラでパチリ。車椅子の背にもたれた上体起こして、歩きだそうとして、左足を見る。車椅子の後ろのタイヤ内側に突き出た軸棒が装具の金具と足のあいだに挟まっている。危ない！外そうと思った瞬間。後ろに転倒。もろに後頭部。″ボワワァン″後ろにいた人が、駆けつけ、「大丈夫ですか？」と声掛ける。私は、起きて座り。左後頭部に手をあてる。右手のひらに余る程の大瘤。薬局が近い「すみません､薬局行って冷やす物を貰ってきて下さい」と頼む。「病院が良い､頭だから｡」誰かが医事課にも通報したらしい｡集まった人の中にいつも御世話になっている医事課男性の顔有り。車椅子に乗せて貰い、病院へ。既に救急の婦長 (此の時は、平の看護師さんと思う）が待機。私のカルテを持って、色々指示。調剤薬局にも連絡。程なく薬配達。

看護師長さんは、頭だから手の痺れ等普段と一寸でも違う事が有ったらすぐに病院にと口酸っぱく言。「家族は？」「家に誰もいません」と答える。こんな大瘤は、珍しいが転び慣れて

ファイト

いる私。

「吐き気無し。直ぐに眠ってもいないから大丈夫」と言うと「それでも頭にダメージが有ることが有る。その時は、緊急手術が必要」と師長。 その後救急外来にて休み、頭のCT。異常無しで瘤のかすり傷に消毒。ガーゼ、ばんそうこう。3時半、看護師長さんと別れる。御世話になりました。

もう表玄関から出る気無し。転んだのは、疲れも有る。レストランで雑炊を食べ、休憩。ここで痛み止め飲む。5時過ぎタクシーにて帰宅。玄関前で何とビックリ！お巡りさんと民生委員さん。 民生委員さんに師長さんから電話。少しでも異常が有ったら直ぐ病院に来るようにとの伝達依頼。

3時半に帰ったと聞いて、彼は、すぐに我家に。帰ってない。お巡りさんに通報した…？？何も知らない私は、ゆっくり病院で一休み。私に婦長さんからの伝言を言って、用事が有ると急いで民生委員さんは、帰られる。用事の有る民生委員さん。やきもきさせてゴメンナサイ。私、民生委員さんに連絡電話が行くなんて夢の夢にも思っていなかったの。後に残ったお巡りさんに玄関のドアを開けて貰い、荷物も中に。優しいお巡りさん、有難うございます。

私って「お騒がせマン」で申し訳御座いません。さて私、大瘤の異常感と師長さんの忠告。でも気に病んだら、マイナス。そこでパソコンで音楽鑑賞。大いに楽しむ。手の痺れ無し。 2日後の病院行きの朝、手を後頭部に。瘤の小ささにビックリ。病院の手当は、違う。もし転ぶのが運命ならば、病院敷地内にて転倒は、ラッキー。装具屋さんに再修理依頼。足の緊張大で曲がった踝に金具が当り、金具ズレ（靴擦れでなく）できたたこが潰れ痛すぎたので、金具を広げた結果、車椅子の軸が入る隙間に。何回か入っていたが、事も無く、外していた。 此の状態でバランスを崩す事に思い至ら無かったのは、大ミス。もし坂や石がゴロゴロの所で転倒していたら、くわばら、クワバラ。嗚呼！恐ろしや！ あれから３週間瘤は、治ったが咳治らず。まだまだ大変年の暮れ。でも私は、負けない！

療育センターと智恵子さん

中川総看護師長は北九州市立総合療育センターに勤務して３年目。智恵子さんとの出会いは、智恵子さんが尖足《せんそく》の矯正手術の為、総合療育センターに入院した時に始まる。

中川昭子総看護師長のお話

柴田さんは、尖足の矯正手術（足がつま先だった状態から正常な足の形に矯正手術を行い、術後リハビリを行う）の為に療育センターに入院されました。手術前に居室を訪問した際の柴田さんは大変明るくて朗らかで、とても明日手術を受ける人の感じではなかったことが強く記憶に残っています。言葉には出されませんでしたが、「私が心配してどうなる？手術の心配は先生がすることでしょう？」と体で、笑顔で、表現されていました。私は「この方は手術も、リハビリもきっと順調に進む方だな」と直感した通り術後の回復は、ご本人の強靭な意志と努力で、リハビリも物ともせず頑張られ、車椅子を杖替わりにして歩けるようになり、意気揚々と退院されました。

その後はリハビリ通院が続くことになるわけですが、智恵子さんはリハビリのついでに、私の部屋を訪ねて下さるようになりました、お土産付きで。そのお土産が、ご自分が日々の出来事をパソコンでつづった日記風の文章でした。

先ず私を読みたい気分にさせたのが、１６ポイントの大きな文字でした。

智恵子さんは頸椎症の手術後、手の動きは以前より良くなりました。文章もパソコンを使用されるので、とにかく読みやすいのです。

さて彼女の文章を見て私は驚きました。コミュニケーション障害、歩行障害、姿勢保持困難など重複した障害を持たれた人が、こんなにも前向きで力強く、しかも文章はウィットに富んでいて、わくわくと読み手を飽かせないものでした。我々が書く文章より具体的で、数段上の細やかな描写がなされており、つい引き込まれてしまいました。さらに彼女の文章の中には、障害者に対する健常者の考え方や対応の方法がどのようにあればよいかを示唆してくれているのです。

障害者の方の中にも、絵画やスポーツ、陶芸などを生活の中に活動として取り組み発表しておられる方はたくさんいらっしゃいます。

そこで、柴田さんに「このままではもったいない、本にされてはどうですか」と来室の度に出版を勧めました。初めは彼女の心には本にすることまでは考えておられなかったと思いますが、今年の初めごろ東郷編集長さんからも勧められ本を出版したい事を告げられ、私は漸く決断されたことを智恵子さんと共に喜び合いました。健常者の私がいくら頑張っても真似の出来ないことを、重複障害を持たれた智恵子さんが決断されたのは大変貴重なことだと思います。智恵子さんは、障害を持たれた多くの方の励みになれば嬉しい、と言っておられます。

智恵子さんの文章を読んでいると、何事にも挑戦する勇気と行動力の大切さを教えてくれ、仕事の上での私のお手本でもあります。加えて表現が適格かどうかわかりませんが、考えに歪みがない、純粋であるため安心していられる、このようなところに私は強く惹かれる思いがするのです。

さて、障害者の医療福祉施設は、急性期医療機関の数に比べると、非常に少なく 、携わる障害医療、療育、看護に携わる人員は、医療機関のそれより多くの人員が必要です。私は看護師ですので看護の分野から申しますと、障害看護を取り上げた書物は少なく、専門雑誌もないのが現状です。又、成人、小児、母性、老年、教育、管理等々の学術集会に障害看護に関する研究を発表し、どの分野からも障害につながることをアピールすることが大切かと思います。

総合福祉法が制定されて１年、在宅ケアへの取り組みが進んでいる中で、智恵子さんのこの本は障害者や、そのご家族への応援歌であり、ご本人が出版された願いもそこにあると思います。

（中川昭子さんは、２０１３年３月末で、北九州市立総合療育センターを定年退職されました）

訓練士の井手望美さんに訓練を受ける智恵子さん

ー訓練科理学療法係井手さんの話①

「私は、去年の４月に柴田さんの担当が変わりちょうど１年くらいですが、柴田さんは足の手術をされてからは、状態にそれほどの変化はないです。日によって、今日は少し疲れているなどという少しの変化はあります。あるいは、話しながら歩くと、緊張するのでバランスを崩すということもあります。緊張するという要素は筋肉と連動して足をもつれさせたりする。だから、話ながら歩くとそっちに気を取られるので危ないです。」

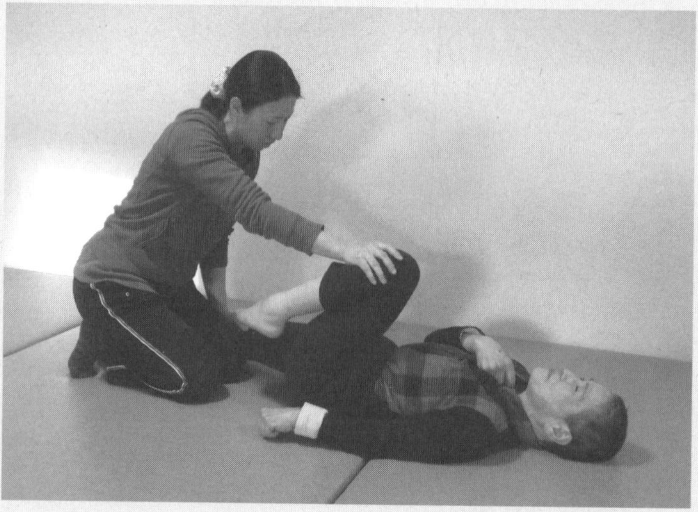

ー装具をつける智恵子さん

訓練のときには、正しく体重を乗せてもらいたいので、装具をつける。以前は支柱がついてもっとしっかりしたものをつけていたが、それだと金具があたるということもあるそうだ。智恵子さんは、手術してからは、軽めの装具になった。装具をつければつけるほど安定するという。普段は。センター内を歩くが、この日は機械を使用した歩きこみをする。

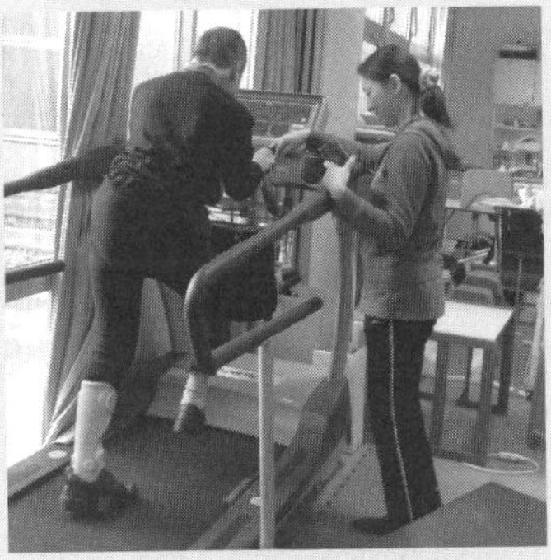

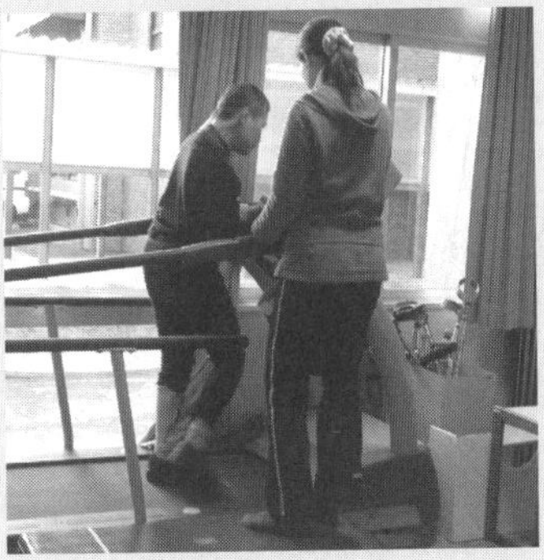

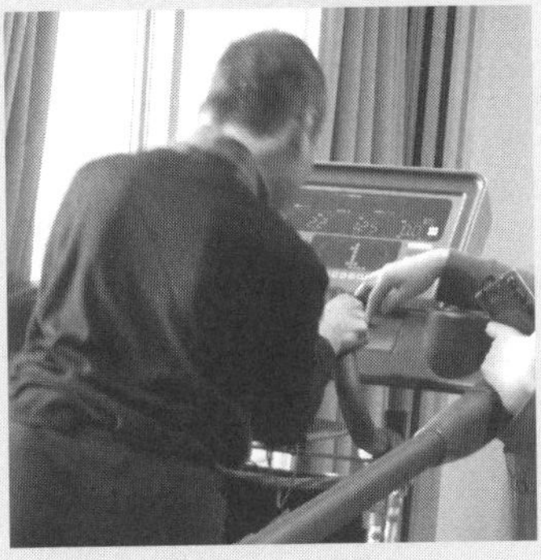

ー井手さんの話②

「はい、大股、小股、はい、もう一度、大股で、そんなに早くしなくてもいいですよ。」

「筋力は、歩くことによってつきますので、いまは３週に一度リハビリをやります。柴田さんは日頃歩かれているので、筋肉はついています。ですから、このような訓練をしながら、様々な確認もします。たとえば。いま少し力が入っていますが、そういうバランスを意識することで、力を整えるとか、持久力をどのように維持するかなどです。」

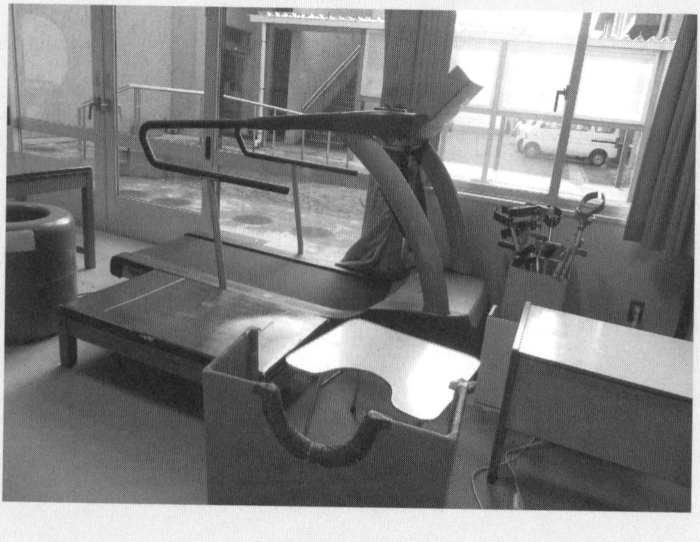

282 – 283

SUZUKI

63-21

あとがき

「私の本が５月に出るの」と言うと、「この前頂いた雑誌の事？」と１０人が１０人．こう答える。「いいえあれは、違う。今度は、柴田智恵子の本。」そういうと皆目を丸くする。私の記事が arc16 号に載った事自体摩訶不思議な出来事。この記事を読んだ人の心に深い感銘を与えるものにしてくれた arc の編集長東郷禮子さんに大感謝。

今回は、彼女のお蔭で単行本。わくわく、どきどき。私は、今天にも上る気持で舞い上がっている。

私が北九州市小倉南区の市営住宅に在住して４２年。重度障害者の主人と共に息子を１人前に育て上げ、舅の最後を看取。主人の介助の明け暮れ（相互扶助と言いたいが昔気質の主人。家事は、女性。ウェイトは、私の肩に）。６年前主人が永眠。それ以来暢気な１人暮らしを満喫。車で４０分の距離、門司に息子夫婦と孫２人住。６８歳極々平凡と申し上げたい所だが運命の神様が私に脳性麻痺という「特徴」を与。この特徴のお蔭で普通の生活が真にスリリングな面白い日々の様相へと豹変。加えて１０年前老化による脳性麻痺の２次障害。頚椎がずれ神経を圧迫。寝たきり寸前で手術。七椎の骨を切り開き。其処に７個の人工骨を。６時間掛かった手術は、成功。ずれは、止。３週間病室で寝。もう元の私では、無い．やせ細ったぐにゃぐにゃの身体。しかし長年脳性麻痺と共存していた私。気力だけは、強靭。「絶対良くなる」。その信念の元に重度障害者として新たなリハビリ人生がスタート。克服した喜びと挫折の繰り返し中で多くの素敵な出会いと感動を綴った体験記。お世話になっている皆さんに読んで頂くのがいつの間にか私の無常の楽しみに。拙い文章を本にしたいと言って下さる方。読みながら笑って下さる方。本当に有難う。私は、幸せです。

さて私、２０１３年の1月２７日雪の中「グローバル世界と日本」のシンポジウムを聴講。北九大のお歴々、国際キリスト大学の学長、内閣官房医療イノベーション推進室の方、香港貿易発展局の方のパネルディスカッション。とても面白い2時間半。得意の居眠りどころか耳目は、ぱっちり。北九大が世界に通用する若者を育成する大学に。外国語を学ぶ学生に経営学も。皆さん色々なノウハウを話される。「嗚呼！若くて元気だったら多くを学んで世界に飛び出してみたい！」私は、そんな思いに駆られる。これは、不可能な白昼夢。私の信条には、合わない。「閃！」そうだ。本の出版を禮子さんに御願いしよう。認めたくないが迫りくる老化。今がタイムリミット。元気な今しかない。思い切って彼女にメール。東郷禮子さんから「嬉しいご提案！誠心誠意頑張ります。」と言う真に有難いご返信。光栄の極み。3月半ばには、お忙しい時間を割いて小倉まで取材に。彼女の破格の厚情への感謝の言葉が見つからない。「東郷さん！私嬉しい！バンザーイ」。

国立病院（小倉医療センター）頚椎手術において私の新たな

リハビリ人生を切り開いて下さった若き整形医と経過を見守り、２度も緊張が高まった左足の頸骨筋の手術して下さった療育センターの整形医に次の言葉を捧げる。「先生、本当に有難うございます。私は、元気。毎日大いに楽しんでいます。感謝」。両病院の看護師さん、検査、事務科の方々、レストラン、売店、清掃の方々、皆さんの真心１杯頂いて、なんて私は幸せ者なのでしょう！郵便局、コンビニ、薬屋さん、八百屋さん、街の皆さん、お世話になります。いつも有難う！遠出の折のバスの運転手さん、心優しき乗客の皆さん、有難う！助かりました。飛行場の職員さん！エスコート有難う！歩行練習バッチリ。東京、川崎、横浜。福岡、小倉。行き擦りのお助けマンさん！私は、元気。頑張っています。アリガトウ！忘れていけないリハビリの先生方、内科の先生、歯医者さん、友人達。私の文章が気にいって下さり、本出版のご協力を申し出て下さった中川昭子さん。この方々は、真心大好きの私に心からの応援を下さっている。本当に有難う御座います。そして私の自由を認め、頼んだ時は、協力してくれる息子と優しい嫁に感謝。この本が皆様の琴線に触れ、私の元気と勇気と感謝の念をお汲み取りいただけましたら最高に“し・あ・わ・せ”です。

２０１３年5月１８日

柴田 智恵子

筆者プロフィール
柴田 智恵子（しばた ちえこ）
昭和20年5月18日現在の韓国の京城で、父、松沢彬（あきら）と母、松沢淳子（あつこ）の長女として生まれる。日本の敗戦が決まった昭和20年9月、両親と兄、謙一郎と日本に引き揚げてくる。このころから智恵子さんの首は座らず、ぐったりとしたまま。3歳のとき、東大病院で脳性小児麻痺との診断が出る。当時は脳性小児麻痺という病状自体があまり知られていなかった。小学校から高校まで普通学級に通う。２０歳のとき「保土ヶ谷身体障害者更生指導所」で知り合った同じ障害者の柴田明治さんと結婚。6年前に明治さんに先立たれてからは、一人暮らし。頸椎症、左足の手術を受け、現在はそのリハビリも兼ねて車椅子を杖替わりにひたすら歩く。北九州市小倉在住。

ハラハラ、
ドキドキ、
なぜ歩くの、
智恵子さん

２０１３年5月２８日　初版発行
著者：柴田 智恵子
発行 / 編集人：東郷 禮子
AD：StudioKanna
発行：有限会社レイライン
〒２１３－００２２
神奈川県川崎市高津区千年３２４－１－４０２
TEL / FAX：044-788-6814
E：info@leyline-publishing.com
W：http://www.leyline-publishing.com
印刷 / 製本：シナノ書籍印刷株式会社
乱丁本・落丁本はお取替えいたします。

ISBN 978-4-902550-18-4